中國語言文字研究輯刊

二三編

許學仁 主編

第 5 冊

《說文》古文籀文與
對應小篆構形系統比較研究（上）

朱棟 著

花木蘭文化事業有限公司

國家圖書館出版品預行編目資料

《說文》古文籀文與對應小篆構形系統比較研究（上）／朱棟
著 -- 初版 -- 新北市：花木蘭文化事業有限公司，2022〔民
111〕
目 2+138 面；21×29.7 公分
（中國語言文字研究輯刊　二三編；第 5 冊）
ISBN 978-626-344-019-7（精裝）
1.CST：說文解字 2.CST：古文字學 3.CST：中國文字
802.08　　　　　　　　　　　　　　　　111010173

ISBN-978-626-344-019-7

中國語言文字研究輯刊
二三編　　第五冊　　　　　ISBN：978-626-344-019-7

《說文》古文籀文與
對應小篆構形系統比較研究(上)

作　　者　朱棟
主　　編　許學仁
總 編 輯　杜潔祥
副總編輯　楊嘉樂
編輯主任　許郁翎
編　　輯　張雅淋、潘玟靜、劉子瑄　美術編輯　陳逸婷
出　　版　花木蘭文化事業有限公司
發 行 人　高小娟
聯絡地址　235 新北市中和區中安街七二號十三樓
　　　　　電話：02-2923-1455 ／傳真：02-2923-1452
網　　址　http://www.huamulan.tw 信箱 service@huamulans.com
印　　刷　普羅文化出版廣告事業
初　　版　2022 年 9 月
定　　價　二三編 28 冊（精裝）新台幣 96,000 元　　版權所有・請勿翻印

《說文》古文籀文與
對應小篆構形系統比較研究（上）

朱棟　著

作者簡介

朱棟（1981～），男，漢族，中共黨員，安徽靈璧人。鹽城師範學院文學院副教授，博士後。研究方向為傳統小學與漢語修辭學。中國文字學會會員，中國訓詁學會會員，中國唐代文學學會會員，中國修辭學會理事，江蘇省語言學會理事。阜陽師範大學學士，新疆師範大學碩士，武漢大學博士，復旦大學博士後，臺灣東吳大學訪問學者。主持完成江蘇省社科基金項目 1 項，主持完成江蘇省教育廳項目 1 項，主持完成校級項目 2 項。參與國家社科基金項目 2 項。出版專著 3 部，參編教材 1 部。截至目前，共在《江海學刊》《長江學術》等學術期刊發表論文 35 篇。教學成果獲江蘇省二等獎 1 項，長三角三等獎 1 項；科研成果獲江蘇省哲學社會科學界學術大會優秀論文一等獎 2 項，獲鹽城市哲學社會科學優秀成果獎三等獎 1 項。

提　要

　　本成果在對《說文》古文籀文進行窮盡性搜集的基礎上，採用「四體類屬」「組構類型」和「字際關係」等理論，將其與各自對應的小篆字形進行分析描寫和比較研究，吸收最新相關研究成果並以新近出土的古文字材料作為研究的佐證，全面釐清《說文》古文籀文與其各自對應小篆構形系統之間的區別與聯繫，以推進「說文」學與傳統小學的發展。同時，總結漢字發展演變的優化規律，為當今漢字的規範化提供借鑒。

目次

引　言

　　一代碩儒東漢許慎積數十年之功所著的《說文解字》（簡稱《說文》）是我國第一部以分析字形、說解字義、考究字源、辨識讀音為主的字典。「它還廣引群書，以證明其說信而有徵；博採通人，以保存其可資參考的異說。」〔註1〕《說文》具有極高的學術價值和實用價值。它的出現，「標誌著古文字學在中國學術史上的發端」。〔註2〕在源遠流長的漢文化發展史和中國文字學史上，《說文》都是一部劃時代的傑作，其對華夏文明的傳承與發展具有重要意義。

　　《說文》以 9353 個小篆為解釋的字目，但也往往附錄一些可供參考的異體字，這些異體字叫做「重文」。《說文》中共收錄重文 1163 個。從字體上看，重文包括古文、籀文、篆文、或體、俗字和奇字等。其中，古文和籀文為數最多。據我們統計，《說文》中共收錄古文 471 個，其約占重文總數的 40%；《說文》中共收錄籀文 216 個，其約占重文總數的 19%；古文和籀文兩者之和約占《說文》重文總數的 60%。

　　《說文》所收錄的重文均是某一時期流行的文字。我們把《說文》正篆與其所對應的古文籀文字形進行系統比較研究，不僅可以探明這些字體本身的組構

〔註1〕章季濤：《怎樣學習〈說文解字〉》，臺北：萬卷樓圖書（股）公司，2014 年，第 1 頁。
〔註2〕祝敏申：《〈說文解字〉與中國古文字學》，上海：復旦大學出版社，1988 年，第 180 頁。

特點，還可以釐清三者之間的歷時關係，這對總結漢字發展演變的優化規律，對準確釋讀新近出土的古文字材料，以及對當今漢字的規範化均具有重要價值。

　　本成果以大徐本《說文》〔註3〕正篆以及正篆之後、並有明確標注為古文籀文的字例為研究對象，其中，古文與小篆對應字例 451 組，籀文與小篆對應字例 216 組。同時，我們還借鑒前賢研究成果，參考目前所能見到的最新出土的古文字材料，採用古文字數字化處理技術，對《說文》古文籀文與對應小篆構形系統進行共時與歷時的比較研究。期待通過系統性研究，使該項成果成為《說文》學乃至中國文字學史上不可或缺的重要組成部分，以促進傳統小學的進一步發展。

　　本成果除引言外，分上下兩編展開論述，上編為「《說文》古文與對應小篆構形系統比較研究」，下編為「《說文》籀文與對應小篆構形系統比較研究」，力求條分縷析、統分結合。

〔註 3〕　本成果依據的版本是中華書局 1963 年出版的《說文解字》。該版本以同治十二年（1873 年）陳昌治刻本為底本，借鑒清嘉慶十四年（1809 年）孫星衍覆刻宋刻大徐本。屬《說文》大徐本文獻範疇。《說文》小篆依據的字形是北宋校本《說文》真本汲古閣藏本。

上　編

《說文》古文與對應小篆構形系統比較研究

緒　論

　　《說文解字》，簡稱《說文》，是我國語言學史上的不朽之作。《說文》的作者許慎，東漢人。他編寫《說文》始自漢和帝永元十二年（公元一○○年），到漢安帝建光元年（公元一二一年）他於病中遣其子許沖獻上，前後共歷時二十多年，耗用大量心血。《說文》在我國學術史上，有著無可替代的學術價值。歷代學者一直把它放在與儒家經典等同的地位。同時，《說文》還是我國文字學史上里程碑式的著作，是研究我國歷史、文化、語言和傳統文獻的重要參考資料。許多年來，學者們都極為重視對《說文》的研究，形成了一門獨特的學問「說文學」。本文就以《說文》重文中的一種──古文作為切入對象，將《說文》古文形體與對應小篆字形進行全面而系統的比較研究，總結規律，揭示兩者的內在聯繫，以求為「說文學」發展增添一份力量，為當今漢字的規範化提供借鑒。

第一節　選題緣起與研究對象

　　許慎在《說文・敘》中多次提到古文〔註1〕：

　　「（籀文）與古文或異。」

　　「孔子書六經，左丘明書春秋傳，皆以古文。」

────────────

〔註1〕許慎：《說文解字》，北京：中華書局，1963年，第314～316頁。

「是時，秦（始皇）燒滅經書，滌除舊典。……而古文由此絕矣。」

「及亡新居攝……頗改訂古文。時有六書：一曰古文，孔子壁中書也。二曰奇字，即古文而異者也。」

「壁中書者，魯恭王壞孔子宅而得《禮記》、《尚書》、《春秋》、《論語》、《孝經》。」

「北平侯張蒼獻《春秋左氏傳》。郡國亦往往於山川得鼎彝，其銘即前代之古文，皆自相似。」

「若此者甚眾，皆不合孔氏古文。」

「今敘篆文，合以古籀。」

「其稱《易孟氏》、《書孔氏》、《詩毛氏》、《禮周氏》、《春秋左氏》、《論語》、《孝經》，皆古文也。」

從上文所引的內容中，我們不難看出，古文在許慎的《說文》中佔有相當重要的地位。但是，許慎所說的古文究竟指什麼，歷代學者多有爭議。根據《說文·敘》中許慎自己的說法，古文乃是倉頡所作，是最原始的文字。現在看來這一說法明顯是不對的。然而，就《說文·敘》中許慎所明確的「孔子書『六經』，左丘明書《春秋傳》，皆以古文」，〔註2〕可以看出，實際上《說文》所謂的「古文」乃是壁中書，即西漢時期魯恭王壞孔子宅，所得到的用古文書寫的典籍。這種文字也稱為「蝌蚪文」。根據後人的研究，許慎所謂『古文』是戰國時期通行的文字。但是，後來學者用傳世古文字材料以及出土文獻與《說文》正文中近五百個古文字形進行比較，得出《說文》古文不僅限於「壁中書」，還包括春秋時代秦篆以外的群書古籍所使用的文字，以及當時許慎所見的鼎彝文字等。

對《說文》古文前人已有很多研究，如明楊慎《六書索引》、清段玉裁《說文解字注》、清蔡惠堂《說文古文考證》、王國維《說文所謂古文說》、胡光煒《說文古文考》、舒連景《說文古文疏證》、商承祚《說文中之古文考》、嚴和來《試論〈說文〉古文的來源》、李梅《說文古文研究初探》、張靜《說文「古文以為」考》、王平《說文重文研究》等等。但是，通過對以上相關文獻進行搜集和整理，我們認為，對《說文》古文與對應小篆字形作系統的比較研究前人卻很少涉及，這一課題仍有研究的價值和意義。比如，商承祚先生的《說文中之古文考》、董

〔註2〕許慎：《說文解字》，北京：中華書局，1963 年，第 314 頁。

蓮池先生的《說文解字考正》，都只是從單字考證的角度對《說文》古文進行分析，而沒有將其與對應小篆字形做系統的比較研究，很難客觀地歸納出兩者之間的區別與聯繫。

　　本文僅對《說文》中「古文作某」，以及《說文》中許慎明確指出其為古文的字例進行古文與對應小篆字形的比較研究。根據我們的研究，實際上具有古文與小篆對應關係的共 426 例。包括異體，古文共有 476 個。對於《說文》中許慎誤定為古文與小篆對應關係的，本文不作探討。

第二節　研究綜述

　　對《說文》古文，歷來多有研究，前文已作列舉。總的看來，以前對《說文》古文的研究不外乎以下幾個角度：

一、對《說文》古文來源的探討

　　許慎在《說文·敘》中已有說解：「一曰古文，孔子壁中書也。二曰奇字，即古文而異者也」〔註3〕，「壁中書者，魯恭王壞孔子宅而得《禮記》、《尚書》、《春秋》、《論語》、《孝經》；又北平侯張蒼獻《春秋左氏傳》。」〔註4〕關於孔子壁中書一事，除許慎提到以外，還見於《漢書·藝文志》、《漢書·楚元王傳》、《漢書·景十三王傳》以及《論衡》等典籍。

　　《漢書·藝文志》：「古文《尚書》者，出孔子壁中。武帝末，魯恭王壞孔子宅，欲以廣其宮，而得古文《尚書》及《禮記》、《論語》、《孝經》，凡數十篇，皆古字也……。」〔註5〕

　　《漢書·楚元王傳》：「歆因移書太常博士責讓之，曰：『及魯恭王壞孔子宅，欲以之為宮，而得古文於壞壁之中，《逸禮》有三十九，《書》十六篇。天漢之後，孔安國獻之。』」〔註6〕

　　《漢書·景十三王傳》：「恭王初好治宮室，壞孔子舊宅，以廣其宮。聞鐘磬琴瑟之聲，遂不敢復壞，於其壁中得古文經傳。」〔註7〕

〔註3〕　許慎：《說文解字》，北京：中華書局，1963 年，第 315 頁。
〔註4〕　許慎：《說文解字》，北京：中華書局，1963 年，第 315 頁。
〔註5〕　班固：《漢書》，北京：中華書局，1962 年，第 1706 頁。
〔註6〕　班固：《漢書》，北京：中華書局，1962 年，第 1969 頁。
〔註7〕　班固：《漢書》，北京：中華書局，1962 年，第 2414 頁。

《論衡・正說》:「孝景帝時,魯恭王壞孔子教授堂以為殿,得百篇《尚書》於牆壁中,武帝使使者取視,莫能讀者,遂秘於中,外不復見。」〔註8〕《論衡・案書》篇又說:「《春秋左氏傳》者,蓋出孔子壁中,孝武皇帝時,魯恭王壞孔子教授堂以為宮,得佚《春秋》三十篇。左氏傳也。」〔註9〕

概括而言,前人對這一問題的爭論基本上可以分成兩派。一派以王國維為代表,王國維先生認為許慎在編纂《說文》時所採用的古文只是「壁中書」或張蒼所獻的《左氏春秋》。但是,由於許慎誤認為「壁中書」的年代要早於《史籀篇》,所以他就錯誤地以為「壁中書」即是殷周古文。然而事實上,由於「漢代鼎彝所出無多」,「又無拓本可致,自難據以入書。」所以,許慎所見殷周古文並無多少,也沒有編入《說文》之中。姚孝遂先生也主這一說。他在《許慎與說文解字》中說:「我們根據《說文》所列舉的古文和籀文加以分析,可以斷定古文和籀文都是戰國時期的文字,取材於《史籀篇》者,謂之『籀文』,取材於壁中書者,謂之『古文』。」〔註10〕另一派以沈兼士為代表,他認為《說文》中之「古文」應指的是廣義上的古文,泛指小篆以前的所有文字,不僅是壁中書,甚至還包括鼎彝之文。通過利用不斷出土的文獻資料與《說文》古文的字形進行比較研究,現在我們可以斷定,《說文》古文不只是「壁中書」,還應包括「前代古文」。

二、對《說文》中所收古文數量的探究

學者一般認為《說文》中的古文為五百個左右,但由於各自所依據的版本或界定標準的不同,在具體數目上常有出入。明楊慎《六書索引》說:「其載古文三百九十六。」清蔡惠堂《說文古文考證》認為許書錄古文「四百餘字」。王國維先生的《說文所謂古文說》計重文古文五百許字。另外,還有在《說文》古文字數問題上出入更大的:胡光煒先生的《說文古文考》收古文單字六百一十二個,舒連景先生的《說文古文疏證》收古文單字四百五十七個,商承祚先生的《說文中之古文考》收錄古文單字四百六十一個。此三者之所以在古文數量上差別之大,主要是因為歷代學者對《說文》中未標明「××為古文」之外

〔註8〕 王充:《論衡》,北京:中華書局,1979年,第1583頁。
〔註9〕 王充:《論衡》,北京:中華書局,1979年,第1631頁。
〔註10〕姚孝遂:《說文中之古文考》,上海:上海古籍出版社,1983年,第29~30頁。

的條例哪些還屬古文較有爭議。對《說文》古文字數的界定較有影響的應為啟功先生，他在《古代字體論稿中》指出：「按《說文》所出的古文共五百一十字。其中包括古文自己同字異構的重文五十字。這五十字中，同一個字多到三種不同構造的，即有『及、殺、簋、鸛、箕、良』六個字，其他同一個字而有兩種不同構造的便有四十四個。」〔註11〕他的這一界定包含古文異體。

三、對《說文》古文性質的研究

《說文》古文的性質到底是怎樣的？早期學者一直頗有爭議。但隨著近現代相關出土文獻的不斷豐富，學界對這一問題的認識日趨一致。王國維根據大量資料斷定《說文》所謂古文應是戰國時代東方國家的文字。裘錫圭先生也認為：「王氏認為籀文是秦國文字，實不可從，但是他對古文的看法則是正確的。近幾十年來出土的大量六國文字資料，給王氏的說法增添了很多新的證據。」〔註12〕另外，何琳儀先生在其《戰國文字通論》中，通過對《說文》古文與出土戰國文字資料的比較研究，也指出：「《說文》古文不僅與小篆字體有別，有些與殷周文字形體也距離較大，唯獨在六國文字中可以找到他們的前身。這充分說明，來源於壁中書的《說文》古文應屬戰國時期東方六國文字體系，它們的真實性是毋容置疑的。」〔註13〕

四、對《說文》古文字體的歷時考釋

對《說文》古文的考釋，歷代學者多有涉及，除了《說文古籀補》之類的考釋著作之外，還有日本山井鼎之的《古文考》、胡光煒先生的《說文古文考》。但是，這些著述對《說文》古文來源的考釋著力不多。在二十世紀四十年代初，商承祚先生著有《說文中之古文考》，全書對他自己認為是古文的字體逐一進行了考證。另外，何琳儀先生的《戰國文字通論》、劉釗先生的《古文字構形學》，以及董蓮池先生的《說文解字考正》、《〈說文〉部首形義通釋》等，對《說文》古文字形的考釋也多有涉及。

縱觀研究文獻，我們發現，從來源、數量、性質和字體的歷時考察等視角

〔註11〕啟功：《古代字體論稿》，北京：文物出版社，1964年，第18頁。
〔註12〕裘錫圭：《文字學概要》，北京：商務印書館，1988年，第55頁。
〔註13〕何琳儀：《戰國文字通論》（訂補），南京：江蘇教育出版社，2003年，第56頁。

對《說文》古文的研究已經比較深入。但對《說文》古文與對應小篆字形的比較研究卻很少有人涉及，仍有深入研究的必要。

第三節　理論視角與研究方法

本文所採用的理論有三種：一為傳統的「六書」理論（主要採用「四體二用」中的「四體」理論），一為古文字的組構類型理論，一為字際關係理論。

本文所採用的研究方法主要有窮盡法、解析法、比較法、統計法、圖示法和歸納法。首先，我們對《說文》古文及相關資料進行搜集，接著就以傳統的「四體」類屬理論、字際關係理論和古文字的組構類型理論對《說文》古文與對應小篆字形進行解析和比較，並通過統計和圖示法把比較所得出的結果展示出來。最後，再利用歸納法總結出兩者之間的區別與聯繫，以及所得結論的功用和意義。

第四節　選題研究意義

通過對《說文》古文與對應小篆字形進行比較研究，我們可以全面而系統地瞭解兩者之間的聯繫及演變規律。同時，通過把傳統的「六書」理論、組構類型理論同時運用於分析同一組文字結構，我們可以在實踐中對這兩種字形分析理論加以比較和完善，以促進漢字構形學的發展，提高對古文字的辨析和釋讀能力。並且，通過比較所得出的《說文》古文與對應小篆在結構方式轉換、結構成分更換等方面的規律，對當今漢字的整理和規範化都會有一定的參考和借鑒意義。

第五節　所用《說文》版本說明

本研究所選用的《說文解字》版本為 1963 年中華書局版。該版本以同治十二年（1873 年）陳昌治刻本為底本，借鑒清嘉慶十四年（1809 年）孫星衍覆刻宋刻大徐本。我們在研究的具體過程中，還參考了段玉裁的《說文解字注》，朱駿聲的《說文通訓定聲》，桂馥的《說文解字義證》，王筠的《說文句讀》、《說文釋例》，徐灝的《說文解字注箋》等《說文》研究經典著作。同時，我們對近人有關《說文》的研究成果也多有借鑒。

第一章 《說文》與《說文》古文

　　要研究《說文》古文就不能不瞭解《說文》，要瞭解《說文》就必須對作者許慎有較全面的認識。本部分擬從「《說文》作者許慎」、「《說文》略說」和「《說文》古文」三個角度展開論述。

第一節 《說文》作者許慎

　　許慎，字叔重，東漢時期豫州汝南郡召陵縣人（今河南省郾城縣）。他的具體生卒年代已不可考，但大體的活動年代還是比較清楚的，約生活在公元一世紀中葉至二世紀初，早於馬融（78～166）而晚於賈逵（29～101）。文獻明確記載，在公元一二一年（漢安帝建光元年），在其子許衝上表時，許慎已老病在床，估計歲數在八十左右。

　　許慎是我國歷史上最偉大的學者之一。他曾長期從事經學的整理和研究工作，並取得了令人矚目的成就。世人譽之為「五經無雙許叔重」。事蹟見於《後漢書》卷七十九《儒林列傳》、許沖《上說文解字表》等。許慎一生成果頗豐，著有《說文解字》十四卷，並敘目十五卷，集古文經學之大成。另著《五經異議》十卷、《孝經古文說》一篇，均不傳。另外，許慎為《淮南子》作注二十卷，也已亡佚。

　　許慎所處的漢代，崇尚學術，經學昌盛，並設有經學博士。凡通一經者均可立為博士。漢代經學分為今文經和古文經兩大不同的派別，其區別在於兩者

師承、資料來源以及治學方法、途徑、方向的不同。從表面上看,今文經學派所依據的「經」是由伏生口授而用當時漢代通行的文字——隸書寫錄的傳世文獻。而古文經學派所依據的卻是用戰國文字書寫的出土典籍,主要來源於西漢末年魯恭王劉餘從孔子舊宅中發現的壁中書,以及劉向從皇家秘藏和河間獻王從民間得到的古文經傳。但實際上今古文經之分歧主要在於:今文經學派主張闡發聖人之微言大義,強調經世致用;古文經學派則主張要恢復古代典籍的原貌,首先應解決文字、聲韻、訓詁等問題,反對根據私欲、隨心所欲地解釋古代典籍。從學術的本質來看,漢代今古文經學只是兩個單純的學術派別,是依據不同的資料來源,採用不同的方法和手段,從不同的角度來研究同一個對象。總體來看,今文經學派是運用傳世文獻,從哲學和史學的角度來研究經學,探索其中的微言大義,以便為當時的統治集團服務,達到經世致用的目的。今文經學派的最早代表人物為公羊學派的董仲舒。古文經學派則是以出土文獻為依據,從語言文字學的角度,從文字、音韻、訓詁等層面對出土典籍進行整理、考釋和研究,以達到恢復古代文獻本來面目的目的。古文經學派的奠基人是劉向、劉歆父子。

但是,隨著兩大學派矛盾的不斷加深,學派之爭最終和政治之爭交織在了一起。特別是今文經學派為了維護本集團的政治利益,隨便歪曲古代經典。許慎就是有感於當時的「人用己私,是非無正,巧說邪辭,使天下學者疑」〔註1〕的混亂現象,花了 22 年的精力編寫了中國學術史上第一部字典——《說文解字》。編寫這部書的目的,就是要使對經學的研究納入科學的軌道。用許慎自己的話說,就是為了「理群類、解謬誤、曉學者、達神旨」〔註2〕。為了實現這一目的,許慎採用了科學的方法和手段,從語言文字本身發展的規律出發,分析字形,解釋字義,使大家瞭解並認識它。對古代文獻的釋讀,大家都應遵循共同的規則,即符合語言文字自身的發展規律。許慎在其《說文·敘》中就明確指出:「文字者經藝之本,王政之始,前人所以垂後,後人所以識古。」〔註3〕

當然,由於時代的侷限,尤其是作者受當時陰陽五行、儒家思想消極因素的影響,加之當時可參考出土文獻的匱乏,許慎在《說文》中的有些觀點明顯不妥。

〔註1〕許慎:《說文解字》,北京:中華書局,1963 年,第 316 頁。
〔註2〕許慎:《說文解字》,北京:中華書局,1963 年,第 316 頁。
〔註3〕許慎:《說文解字》,北京:中華書局,1963 年,第 316 頁。

第二節　《說文》略說

前人對《說文》的研究已比較深入和成熟。本節僅對與我們研究關係較為密切的兩個方面展開討論：《說文》的體例和《說文》的書體。至於《說文》的核心理論——「六書」理論，將放在第二章論述。

一、《說文》的體例

把握《說文》的體例對理解《說文》的內容極為重要。「凡所著述，都有一定的體例。不明一書之體例，則難於理解一書之內容以及作者之意旨。」〔註4〕許慎在《說文・敘》中將其體例概括為：「今敘篆文，合以古籀，博採通人。」〔註5〕「其建首也，立一為端。方以類聚，物以群分。同條牽屬，共理相貫。雜而不越，據形系聯。引而申之，以窮萬原。」〔註6〕搜集相關文獻，發現王筠《說文例釋》對《說文》體例的歸納和探討最為完備，但也極為繁瑣。這裡，僅把姚孝遂先生在《許慎與說文解字》中根據前人指出的且他個人認為對理解《說文》較有幫助而進行歸納的一些體例摘錄如下：〔註7〕

1. 說解的體例

（1）凡許慎對於文字的說解，必先字義，然後字形。如：

旦旦：明也。从日見一上。一，地也。

吏吏：治人者也。从一，从史，史也聲。

（2）凡說解字形，必先舉本部首，而後再舉別部之形體。如：

暴暴：晞也。从日，从出，从収，从米。在日部，「暴」必先言「从日」。

但也有例外。

杸杸：軍中所持殳也。从木，从殳。「杸」在殳部，當言「从殳、从木」。

（3）凡言「从某某」者，是連文以為意，以意為主，不必以部首為主，此等皆為會意字。如：

〔註4〕姚孝遂：《許慎與〈說文解字〉》，北京：中華書局，1983 年，第 15 頁。
〔註5〕許慎：《說文解字》，北京：中華書局，1963 年，第 316 頁。
〔註6〕許慎：《說文解字》，北京：中華書局，1963 年，第 319 頁。
〔註7〕姚孝遂：《許慎與〈說文解字〉》，北京：中華書局，1983 年，第 16～22 頁。

　　武戈：楚莊王曰：「夫武，定功戢兵。故止戈為武。」「武」在戈部，

只能言「止戈」，「戈止」則不詞。

　　2.《說文》五百四十部，大體上是據形系聯的，凡形體相關或相近者均按次序排列。如：以「一」為全書之首，所謂「道立於一」，天地萬物都是從一派生的，這就是《說文》始「一」之意。有些是以類相從的。如：斤、斗、矛、車皆是器用類。

　　3.《說文》的九千三百五十三個字分列在五百四十部中，都是「以類相從」。凡所以得義之字，必屬某部，也就是隸屬於其主要意符的部首之下。如：示部之字，均以示為主要意符，均與神祇禮儀之事有關。

　　4.《說文》各部所列字之次第，大體上是有一定規律的。

　　（1）凡東漢皇帝之名諱，均列於一部之首。如：「秀」為禾部之首，漢光武帝名秀。「莊」為艸部之首，漢明帝名莊。

　　（2）凡每部之字，一般是先吉後凶，先實後虛。如「示」部：禮、禧、禛、祿、禎、祥、祉、福之字皆在先，均吉祥之義。祲、禍、祟、祅諸字皆在後，均災禍之意。

　　（3）凡與部首重迭者，以及凡與部首形體相反者，皆列於該部首之末。如：「譶」字，從三「言」，列於言部之末。牪、瓜、磊、聶、豩、鱻等字，莫不如此。

　　5.《說文》有「一曰」，也有作「或曰」、「又曰」之例，乃並錄不同之說解。或形、或義、或音，兩說並存。如：昌：「美言也。從日。從曰。一曰：日光也。」此是意訓上的不同而並存之。

　　6.《說文》連篆字為句之例。這一體例是錢大昕的一大發明，詳見《十駕齋養新錄》。其例為：「昧爽，旦明也」；「湫隘，下也」；「參商，星也」。錢氏認為：「古人著書，簡而有法。好學深思之士，當尋其義例所在，不可輕下雌黃。以亭林之博物，乃譏許氏訓參為商星，以為昧於天象，豈其然也？」

　　7.《說文》的音讀體例。《說文》除注明諧聲偏旁包括「亦聲」者外，尚有直接注明讀音者，一為「讀若」，一為「讀同」。《說文》「匿……讀如羊驕棰。」僅此一見。「讀如」與「讀若」同。

二、《說文》的書體

關於《說文》的書體，許慎在《說文·敘》中概括為「今敘篆文，合以古籀。」〔註8〕其實，《說文》之字體除許慎在《敘》中明確指出的小篆、古文和籀文外，許慎在文中還列有「或體」、「奇字」、「俗書」等名目。

小篆為《說文》之正體。用許慎的話說，小篆乃是「秦始皇帝初兼天下」，丞相李斯對戰國時期不同的文字形體加以統一整理的結果，是「省改」史籀大篆的一種形體。

在《說文·敘》中許慎對古文、籀文也有界定。許慎認為古文是倉頡所作，是最原始的文字。而籀文則是周宣王「大史籀著大篆十五篇」〔註9〕，也就是秦書八體中的「大篆」。據後來學者考證，許慎這一認識是有問題的。現根據《說文》所列舉的古文和籀文的字體與出土的文字材料進行比較，可以確認：「古文和籀文都是戰國時期的文字，取材於《史籀篇》者，謂之『籀文』，取材於壁中書者，謂之『古文』。雖然，《史籀篇》、孔壁古文，我們今天無法見到其本來面目，但從目前我們所能見到的考古出土戰國古文字資料完全可以論斷這一點。」〔註10〕

第三節　《說文》古文

關於古文前文已有論述。《辭海》從文字學的層面定義為：「古文，古代的文字。……狹義專指戰國時通行於六國的文字。如《說文》和曹魏時代《三體石經》中所收的古文及歷代出土的六國銅器、兵器、貨幣、璽印、陶器及長沙仰天湖楚墓中所發現的竹簡上的文字。與通行於秦國的小篆不同，秦始皇推行統一文字政策時被廢止。參見『壁中書』」。〔註11〕再「壁中書，漢代發現的孔子壁中的藏書。《漢書·藝文志》：『武帝末，魯恭王壞孔子宅，欲以廣其宮，而得古文《尚書》及《禮記》、《論語》、《孝經》，凡數十篇，皆古字也。』近人認為這些書是戰國時的寫本，至秦始皇『焚書坑儒』時，孔子八世孫孔鮒（或謂鮒弟騰）藏入壁中的。這些書用當時通行於六國的文字書寫，既與漢代通行的

〔註8〕　許慎：《說文解字》，北京：中華書局，1963 年，第 316 頁。
〔註9〕　許慎：《說文解字》，北京：中華書局，1963 年，第 314 頁。
〔註10〕　姚孝遂：《許慎與〈說文解字〉》，北京：中華書局，1983 年，第 29～30 頁。
〔註11〕　《辭海》編輯委員會：《辭海》，上海：上海辭書出版社，1980 年，第 119 頁。

隸書不同，又與小篆有異，故漢人誤以為上古文字。《說文》所收『古文』，絕大部分根據壁中書。」〔註12〕

　　《辭海》對《說文》古文的這一界定是較為科學的，是對歷代古文研究成果的高度概括。據我們研究和統計，《說文》中實有古文 426 例，包括異體字共 476 個。本項研究就是以此為研究對象，將其與對應的小篆字形進行比較研究，以揭示兩者之間的區別與聯繫，總結其規律。

〔註12〕《辭海》編輯委員會：《辭海》，上海：上海辭書出版社，1980 年，第 549 頁。

第二章　古文字字形的分析理論與研究方法

　　對古文字形的分析，我們主要採用兩種理論：一為傳統的「六書」理論，主要是其中的「四體類屬」理論；一為組構類型理論。在對字形進行分析的基礎上，進一步研究《說文》古文與對應小篆之間的字際關係。

第一節　「六書」和「四體類屬」理論

一、「六書」理論

　　「六書」是古人分析漢字構造和使用方法而歸納出來的六種條例，是最早的文字字形分析理論。「六書」理論一直受到學者們的重視。鄭樵在《通志‧六書序》中曾指出：「聖人之道，惟籍六經。六經之作，惟籍文言。文言之本，在於六書。」〔註1〕黃以周在《說文解字補說‧序》中也說：「古聖既往，道載於文。六經之外，無所謂道；六書之外，無所謂文。」〔註2〕姚孝遂先生也明確指出：「六書的理論，儘管有它的不足之處，但仍然不失為認識和掌握中國古代文字的一種重要方法和手段。」〔註3〕

〔註1〕鄭樵：《通志》，卷三十一六書略第一，清文淵閣四庫全書本，第903頁。
〔註2〕丁福保：《說文解字詁林》，昆明：雲南人民出版社，2006年，第59頁。
〔註3〕姚孝遂：《許慎與〈說文解字〉》，北京：中華書局，1983年，第64頁。

「六書」一詞最早見於《周禮》。《周禮・地官・保氏》列舉了周代用於教育貴族子弟的「六藝」內容，其中有「六書」：

> ……六藝：一曰五禮，二曰六樂，三曰五射，四曰五馭，五曰六書，六曰九數。

然而，《周禮》並未說明「六書」的具體內容。到了漢代，學者們對「六書」的認識日益明確。班固《漢書》中說：「古者，八歲入小學，故周官保氏掌養國子，教之六書，謂象形、象事、象義、象聲、轉注、假借，造字之本也。」〔註4〕《周禮》鄭玄注引鄭眾云：「六書者，象形、會意、轉注、處事、假借、諧聲。」〔註5〕到許慎編纂《說文》時，他在《說文・敘》中不但列出了「六書」名目、下了定義，而且給出了例字〔註6〕：

> 周禮八歲入小學，保氏教國子，先以六書。一曰指事。指事者，視而可識，察而見意，「上」「下」是也。二曰象形。象形者，畫成其物，隨體詰詘，「日」「月」是也。三曰形聲。形聲者，以事為名，取譬相成，「江」「河」是也。四曰會意。會意者，比類合誼，以見指撝，「武」「信」是也。五曰轉注。轉注者，建類一首，同意相受，「考」「老」是也。六曰假借。假借者，本無其字，依聲託事，「令」「長」是也。

班固、鄭眾和許慎所給出的「六書」名目和次序雖然不同，但它們都同出一派——西漢末年古文經學派大師劉歆。鄭眾的父親是鄭興，鄭興是劉歆的學生，許慎是賈逵的學生，而賈逵的父親賈徽也是劉歆的弟子。所以，我們可以斷定，班固、鄭眾和許慎的「六書」理論都來源於古文經學派大師劉歆。

後人一般襲用許慎的「六書」名稱、班固的「六書」次序，將「六書」定為：象形、指事、會意、形聲、轉注和假借。但是從本質上講，「六書」的性質並不是完全相同的，而是從不同的角度對漢字的觀照和分析。因此，早在明朝楊慎就有「四經二緯」說。明朝顧起元《說略》云：「六書，象形居一，象事居二，象意居三，象聲居四。假借，藉此四者也。轉注，注此四者也。四象為經，假借、轉注為緯。四象有限，假借、轉注無窮也。」〔註7〕清代學者戴震受其啟

〔註4〕班固：《漢書》，卷三十，清乾隆武英殿版刻本，第518頁。
〔註5〕鄭玄注，賈公彥疏：《周禮注疏》，卷十，清阮刻十三經注疏本，第236頁。
〔註6〕許慎：《說文解字》，北京：中華書局，1963年，第315頁。
〔註7〕顧起元：《說略》，卷十五，清文淵閣四庫全書本，第231頁。

發，將這一理論推演為「四體二用」說。戴震在《答江慎修先生論小學書》中認為：「大致造字之始，無所憑依。宇宙間事與形兩大端而已，指其事之實曰指事，一二上下是也；象其形之大體曰象形，日月水火是也。文字既立，則聲寄於字，而字有可調之聲；意寄於字，而字有可通之意：是又文字之兩大端也。因而博衍之，取乎聲諧曰諧聲；聲不諧而會合其意曰會意。四者，字之體止此矣。由是之於用，數字共一用者，如初、哉、首、基之皆為始，卬、吾、臺、予之皆為我，其義轉相為注曰轉注；一字具數用者，依於義以引申，依於聲而旁寄，假此以施於彼曰假借。所以用文字者，斯其兩大端也。」〔註8〕後來，戴氏在其《六書總論》中將這一觀點概括為：「指事、象形、形聲、會意四者，字之體也；轉注、假借二者，字之用也。」〔註9〕通過對漢字結構和用字規律的客觀分析，無疑「四體二用」這一理論是正確的。「指事、象形、形聲、會意，是就文字的形體結構規律來說的；轉注、假借是就文字符號的用字規律來說的。」〔註10〕

下面，我們僅對與比較《說文》古文與對應小篆字形有密切關係的「六書」中的「四體理論」作以介紹。

二、「四體類屬」理論

1. 象 形

《說文‧敘》云：「象形者，畫成其物，隨體詰詘，日月是也。」許慎也就是說，所謂象形就是根據實物的形態來構造字形。高亨先生將其解釋為：「象形字乃字形象其物形者也。畫成其物者，謂某字之形，即是畫成其物之狀也。詰詘，猶曲折也。隨體詰詘者謂隨其物體之狀而曲折其筆劃，物體圓則筆劃隨之圓，物體方則筆劃隨之方，物體直則筆劃隨之直，物體曲則筆劃隨之曲也。」〔註11〕用象形方法造的字定為獨體字。一般將象形字分為獨體象形字和合體象形字兩類。獨體象形字如：木：🌲；月：🌙；目：👁；手：🖐 等。合體象形字必有一體不能單獨成字。如：石：厂，口僅像石塊之形，不能獨立成字。根據我

〔註8〕戴震著，趙玉新點校：《戴震文集》，北京：中華書局，1980 年，第 64 頁。
〔註9〕轉引馬文熙，張歸璧等：《古漢語知識辭典》，北京：中華書局，2004 年，第 31 頁。
〔註10〕姚孝遂：《許慎與〈說文解字〉》，北京：中華書局，1983 年，第 36 頁。
〔註11〕高亨：《文字形義學概論》，濟南：齊魯書社，1981 年，第 77 頁。

們第三章對《說文》古文與對應小篆字形的比較研究,在《說文》古文與其所對應的小篆字例中,小篆中象形字 67 個,占小篆總數的 17%。古文中象形字 80 個,占古文總數的 17%。

2. 指　事

《說文·敘》云:「指事者,視而可識,察而見意,上下是也。」許慎也就是說,所謂指事就是用點畫等象徵符號來表示意義。我們通過對字形的觀察,就可以瞭解它所要表達的抽象意義。高亨先生將其解釋為:「指事字乃字形指示其事物也。視而可識者,謂初觀之可識其字形之構形也。察而見意者,謂詳審之可見其字意之所在也。」〔註12〕由於用符號表示意義有極大的侷限性,所以漢字中指事字為數較少。指事字也必為獨體字。指事字一般也分為兩類:一類是純指事字,全部用指示性的符號來表示。如:一、二、三等。一類是在象形字的某一部位加上指示性符號,以表明造字的意圖。如:本:\[木\];刃:\[刃\]。根據我們第三章對《說文》古文與對應小篆字形的比較研究,在《說文》古文與所對應的小篆字例中,小篆中指事字 10 個,占小篆總數的 2%。古文中指事字 7 個,占古文總數的 2%。

3. 會　意

《說文·敘》云:「會意者,比類合誼,以見指撝,武信是也。」許慎也就是說,所謂會意就是組合兩個或兩個以上的部件或字符,來表示一個新的意義。高亨先生將其解釋為:「會意字乃合二字(或三字四字)而成,會其意以為新字之義者也。」〔註13〕會意字一定為合體字。會意字一般也分為兩類:一是用不同的字組成的「異文會意」,如:采:\[采\];省:\[省\]等。一是用相同的字組成的「同文會意」,如:磊:\[磊\];森:\[森\]等。根據我們第三章對《說文》古文與對應小篆字形的比較研究,在《說文》古文與所對應的小篆字例中,小篆中會意字 136 個,占小篆總數的 33%。古文中會意字 158 個,占古文總數的 35%。

4. 形　聲

《說文·敘》云:「形聲者,以事為名,取譬相成,江河是也。」許慎也就是說,所謂形聲就是用形符和聲符兩部分組合成字來表義,其中形符表示意義

〔註12〕高亨:《文字形義學概論》,濟南:齊魯書社,1981 年,第 77 頁。
〔註13〕高亨:《文字形義學概論》,濟南:齊魯書社,1981 年,第 79 頁。

類屬，聲符表示讀音。高亨先生將其解釋為：「形聲字乃合二字而成，取此字之形與彼字之聲者也。為名，猶言造字也。以事為名者，謂用與其相關之一字，以造新字也。」〔註14〕形聲字必為合體字。如：閶：圖，从門，呂聲；悟：圖，从心，吾聲；忠：圖，从心，中聲。形聲造字法是最能產的。根據我們第三章對《說文》古文與對應小篆字形的比較研究，在《說文》古文與所對應的小篆字例中，小篆中形聲字 186 個，占小篆總數的 46%。古文中形聲字 197 個，占古文總數的 44%。

第二節　古文字的組構部件

　　《說文》古文與所對應小篆字形之間，存在錯綜複雜的關係，通常情況下無法揭示出兩者之間的區別及聯繫。但是，我們通過對字形進行科學的拆分和歸納，就可以從構形系統層面找出兩者之間的聯繫及規律。相對於漢字的成字過程而言，字形的拆分是對漢字由組構部件組合成字的一種反方向分析過程。漢字構形學的基本理論認為，漢字的基礎構形元素是基礎組構部件，也叫形素，而不是筆劃。王寧先生在《漢字構形學講座》中指出：「漢字的構形單位是構件（也稱部件），當一個形體被用來構造其他的字，成為所構字的一部分時，我們稱之為所構字的構件。」〔註15〕「我們把漢字進行拆分，拆到不能再拆的最小單元，就是漢字的基礎構形元素，我們稱之為形素。」〔註16〕

一、字形拆分的原則

　　小篆及以前所有古文字字形拆分的總原則，是根據漢字的構形理據進行的。「漢字的構形理據，指漢字通過採用不同構件、不同拼合方式、不同位置擺放等，體現什麼樣的造字意圖，帶來了哪些意義信息，又採用了什麼樣的手段來與相似字或同類字相區別。」〔註17〕另外，對古文字字形進行拆分時，對

〔註14〕 高亨：《文字形義學概論》，濟南：齊魯書社，1981 年，第 80 頁。

〔註15〕 王寧：《漢字構形學講座》，上海：上海世紀出版集團、上海教育出版社，2002 年，第 35 頁。

〔註16〕 王寧：《漢字構形學講座》，上海：上海世紀出版集團、上海教育出版社，2002 年，第 35 頁。

〔註17〕 王寧主編，趙學清著：《戰國東方五國文字構形系統研究》，南京：江蘇教育出版社，2005 年，第 23 頁。

拆分的層次底線應明確，即拆分的終點只能是有意義的部件，而不能拆到無意義的筆劃。

二、漢字組構部件的功能類別

漢字的組構部件在組字過程中所起的作用是不同的。王寧先生在《漢字構形學講座》中指出：「構件在構字時都體現一定的構意，構件所承擔的構意類別稱為這個構件的結構功能。」〔註18〕一個組字組構部件所具有的作用和功能處於動態之中，應根據其具體組字時的需要而定。一個組構部件在組構這個字時表義，在組構另一個字時，卻可能表音。有時組構部件在組構字時表形，而有的組構部件在組構字時僅起到標示或者區別的作用。而且，同一個組構部件可能具有多個功能。結合《說文》古文與對應小篆字形的實際，我們將組構部件的功能分為五類。

1. 表形功能

一些組構部件具有某種象物性，用與實物相類似的形體表現構意的功能。《說文》古文與所對應小篆仍處於古文字階段，參與組字的一部分組構部件仍有較強的表形功能。如：

豆（155）：豆（古文）

子（418）：𡥀（小篆）

矛（405）：矛（小篆）

阱（161）：𨹜（小篆），字形中的井。

2. 表音功能

組構部件在組構字時可以起到表音作用，相當於形聲字的聲符。雖然，在具體漢字中，組構部件所表的音與所構字的讀音多不能完全吻合，但均能起到提示讀音的作用。如：

養（164）：𢼸（古文），字形中的羊。

飽（165）：𩚉（小篆），字形中的包。

飪（163）：𫗦（小篆），字形中的壬。

〔註18〕王寧：《漢字構形學講座》，上海：上海世紀出版集團、上海教育出版社，2002年，第49頁。

3. 表義功能

組構部件在組字時，可以用它自足成字時所代表的語言中詞的意義來體現構意。從而，使自身具有表義功能。如：

野（392）：𰷵（小篆），字形中的里。

造（36）：𨖭（小篆），字形中的𠂤。

淵（314）：𣶒（小篆），字形中的𣶒。

4. 標示功能

以上論述的分別具有表形功能、表音功能和表義功能的組構部件，可以相應的將其稱之為表形組構部件、表音組構部件和表義組構部件。它們有一個共同的特點，即它們自身都可以獨立成字。另外，參與構字的還有一種非字組構部件，它自身不能獨立成字表示意義，而是必須附加在另一個成字組構部件上起到區別或指示的作用，這樣的組構部件具有標示功能。如：

本（184）：𣎵（古文），字形中的∇∇∇。

髟（268）：𣬠（小篆），字形中的彡。

5. 其他功能

表形、表音、表義和標示是漢字組構部件的四個基本功能。除此之外，有些組構部件還有省形功能、繁飾功能、替換功能等。如：

孚（79）：𠩺（古文），字形中的／丶。

反（84）：𠬡（古文），字形中的一。

第三節　古文字字形的組構類型

任何漢字都是由一級部件直接組合而成的。由於組構部件在組字時具有不同的功能，所以它們在組合成全字時就會有不同的功能組合模式。王寧先生稱之為「構形模式」，並指出「構形模式是指構件以不同的功能組合為全字從而體現構義的諸多樣式。這些樣式是由直接構件的功能決定的。」[註19]王寧先生根據自己的研究，在《漢字構形學講座》中將漢字的構形模式歸納為十一種[註20]：

〔註19〕王寧：《漢字構形學講座》，上海：上海世紀出版集團、上海教育出版社，2002 年，第 58 頁。

〔註20〕王寧：《漢字構形學講座》，上海：上海世紀出版集團、上海教育出版社，2002 年，第 66 頁。

表一　漢字構形模式

全功能構件＋0	零合成字	獨體字	象形　指事
表形構件＋標示構件	標形合成字	準獨體字	指事
表義構件＋標示構件	標義合成字		
示音構件＋標示構件	標音合成字		
表形構件＋示音構件	形音合成字	合體字	形聲
表義構件＋示音構件	義音合成字		
示音構件＋各類構件	有音綜合合成字		
表形構件＋表形構件	會形合成字		會意
表形構件＋表義構件	形義合成字		
表義構件＋表義構件	會義合成字		
各類構件（無表音）	無音綜合合成字		

　　我們根據這一理論，又結合《說文》古文與所對應小篆字形的實際，將古文字字形組構類型分為以下八類：

（一）全功能零合成

　　指由成字組構部件單獨構成的。這類字基本上是傳統文字學上的獨體象形字和純指事字。「由於獨體字沒有合成對象，我們取語言學的『零』概念來指稱它；也因為它沒有合成對象，組成它的形素必須既表形義又表音，所以是全功能的。」〔註21〕如：囟（299）：⊗（小篆）；日（202）：⊖（古文）；西（332）：卤（古文）；豕（279）：豕（古文）等。

（二）標形合成

　　指的是表形組構部件與標示組構部件的組合，從而記錄語言中一個新的詞義。如：本（184）：木（小篆）、本（古文）等。

（三）會形合成

　　指由兩個或兩個以上表形組構部件組構成字的方式。「會形合成字的造字意圖是由幾個組構部件以事物存在的客觀狀態為依據進行擺置而體現出來的。」〔註22〕「會形合成字都是形合字，也就是說，這種合成字不但組構部件是以物

〔註21〕王寧：《漢字構形學講座》，上海：上海世紀出版集團、上海教育出版社，2002年，第58頁。

〔註22〕王寧主編，趙學清著：《戰國東方五國文字構形系統研究》，南京：江蘇教育出版社，2005年，第32頁。

象體現意義，而且按物象的實際狀態來放置組構部件，即以形合的方式來組合。只有古文字才有會形合成字。」〔註23〕如：友（87）：（小篆）、（古文）；比（242）：（小篆）、（古文）；共（71）：（小篆）、（古文）等。

（四）形義合成

指用表形組構部件與表義組構部件組合在一起以表示一個新義的造字方式。如：雹（328）：（古文）；電：（327）：（小篆）、（古文）等。

（五）會義合成

指用兩個以上的表義組構部件組合成字，從而表示新意義的一種構字方式。「它的構意由表義構件承載的詞義通過某種事理或邏輯的聯繫體現出來。」〔註24〕「會義合成字的構意，是由表義構件所提供的諸多意義信息共同表示的。」〔註25〕如：朙（211）：（小篆）、（古文）；聖（246）：（小篆）、（古文）；利（133）：（小篆）、（古文）等。

（六）形音合成

指用表形組構部件與表音組構部件結合而組構成字的一種方式。如：仚（297）：（古文）；齒（51）：（小篆）；黔（330）：（古文）、（古文）等。

（七）義音合成

指用表義組構部件與表音組構部件組合成字的一種方式。義音合成字相當於典型的傳統形聲字。如：麓（191）：（小篆）、（古文）；恐（310）：（小篆）、（古文）；視（258）：（小篆），（古文）、（古文）等。

（八）綜合合成

指由三個或三個以上組構部件同時作為一級部件組合成字的方式。參加組字的組構部件中，可能會有表形、表義、表音、標示等不同的部件，這些組構部件之間的組合關係也可能相互交織。如：賓（197）：（古文）；社（9）：

〔註23〕王寧：《漢字構形學講座》，上海：上海世紀出版集團、上海教育出版社，2002 年，第 60 頁。

〔註24〕王寧主編，趙學清著：《戰國東方五國文字構形系統研究》，南京：江蘇教育出版社，2005 年，第 33 頁。

〔註25〕王寧：《漢字構形學講座》，上海：上海世紀出版集團、上海教育出版社，2002 年，第 61 頁。

祉（古文）；疾（227）：𤸪（小篆）、𤶠（古文）等。

第四節　古文字的字際關係

　　《說文》古文與所對應的小篆，應屬有密切聯繫的歷時層面的兩個客體，但由於本課題的著眼點是將《說文》古文與對應小篆字形進行比較研究，是從靜態的共時層面比較兩者的形體關係。所以，這就要涉及到漢字的字際關係問題。漢字的字際關係有三種形式：異寫字、異構字和同形字。但是，由於《說文》古文與所對應小篆字形之間不存在同形字問題，所以我們這裡僅對異寫字和異構字進行討論。

一、異寫字

　　「異寫字是職能相同的同一個字，因寫法不同而形成的異形。」〔註26〕「異寫字的相互差異只是書寫方面的、在筆劃這個層次上的差異，沒有構形上的實質性差異。」〔註27〕如果用來記錄語言中同一個詞的文字符號，只是在筆劃層面或組構部件層面上有差別，而構形的理據不變，那麼這一組字就只是異寫字關係。據我們研究，《說文》古文與所對應的小篆構成的字際關係中，異寫字128組，占對應關係總數的28%。異寫字可分為以下兩類：

1. 在筆劃層面上有差異的異寫字

　　「這類異寫字之間的差別在於筆劃的數量、筆劃的形態等方面的不同。這種差異主要是由於不同的書寫者在不同的書寫載體和書寫環境下對一個字寫法的隨意性發揮而造成的。其中既有不經意的行為，也有有意識的變動。」〔註28〕在《說文》古文與所對應小篆的字形中，這種異寫字比較多。如：

　　龜（377）：𪓑（小篆）──𪚻（古文）
　　我（353）：𢦒（小篆）──𢦖（古文）
　　外（213）：外（小篆）──𡖄（古文）

〔註26〕王寧：《漢字構形學講座》，上海：上海世紀出版集團、上海教育出版社，2002年，第80頁。

〔註27〕王寧：《漢字構形學講座》，上海：上海世紀出版集團、上海教育出版社，2002年，第82頁。

〔註28〕王寧主編，趙學清著：《戰國東方五國文字構形系統研究》，南京：江蘇教育出版社，2005年，第14頁。

本（184）：帇（小篆）──帇（古文）

2. 在組構部件層面上有差異的異寫字

組構部件組配位置的不同，以及組構部件的省簡、繁化或另加裝飾性的構件都會引起字形的變化。但是，由於這些變化未改變字的構形理據，即字的組構本質沒變。所以，這些字仍為異寫字。如：

李（181）：李（小篆）──李（古文）

手（340）：手（小篆）──手（古文）

事（88）：事（小篆）──事（古文）

二、異構字

異構字是相對於異寫字而言的，兩者的本質差異在於，異構字構形理據發生了本質變化。異構字指字音、字義相同，記詞功能也完全相同，且在任何情況下可以換用，而只是構形理據不同的一組字。王寧先生在《漢字構形學講座》中認為：「異構字也就是通常所說的異體字。這裡稱作異構字，是為了跟異寫字區分開。異構字在記錄漢語的職能上是相同的，也就是說，音與義絕對相同，它們在書寫記錄言語作品時，不論在什麼語境下都可以互相置換。但異構字的構形屬性起碼有一項是不同的，所以稱為異構字。」〔註29〕異構字可以大致分為以下幾類。

1. 由於組構部件的多少而構成的異構字

這類異構字多是在原字上增加或減少一個組構部件，而字音、字義都沒有變化。如：

時（203）：時（小篆）──時（古文）

丘（243）：丘（小篆）──丘（古文）

2. 由於組構類型的不同而造成的異構字

三（10）：三（小篆）──三（古文）

其（143）：其（小篆）──其（古文）

〔註29〕王寧：《漢字構形學講座》，上海：上海世紀出版集團、上海教育出版社，2002年，
　　　　第83頁。

3. 由於組構部件的不同而造成的異構字

這類字一般為合體字。異構字之間只是採用了不同的組構部件，而組構部件數量沒有發生變化。這類字多是類似表義組構部件或相似表音組構部件的替換。如：

玕（15）：玤（小篆）——珺（古文）

禮（7）：禮（小篆）——𠬵（古文）

廟（274）廟（小篆）——庿（古文）

第三章 《說文》古文與對應
小篆字形比較研究

　　在前幾章論述的基礎上，本部分我們將對 426 例，共 476 組古文與對應小篆的字形進行分析和研究。其中，有 5 組對應關係不成立，對此我們僅將其列出，並不作分析。在對《說文》古文與對應小篆字形進行分析時，主要採用傳統的「四體」類屬理論和組構類型理論，在對字形進行分析的基礎上，探究其間的字際關係。所列《說文》古文，按《說文》順序排列。每例分析均先列繁體楷書形體，次列小篆形體，再列《說文》古文形體，最後進行字形比較分析。另外，在對字形進行比較分析時，因研究的需要，引用了部分漢字的甲骨文、金文字形。在對字形的分析和比較中，偶遇暫時我們無法解釋者，均明確注明，以待進一步研究。

第一節　《說文》古文與對應小篆字形比較集釋

1. 一 yī：一（小篆）──弌（古文）

　　惟初太始，道立於一，造分天地，化成萬物。凡一之屬皆从一。（於悉切）弌，古文一。【《說文解字》卷一上，一部】

　　董蓮池：「一」見甲骨文、金文、戰國簡帛、璽印、貨幣、陶文等，均畫一橫畫表示數目中的「一」，為積畫成字。許慎把「一」解釋成無形的宇宙本

體——「道」產生出的有形的混沌狀態，和「一」字構形本旨無關。〔註1〕

按：小篆「一」，指事字，全功能零合成。古文「弌」，從弋、一聲，形聲字，義音合成。據黃侃先生考證：「弋者杙弋，古用籌算，凡陳數必以弋計。」此組為異構字。

2. 上 shàng：上（小篆）——丄（古文）

> 高也。此古文上。指事也。凡上之屬皆从丄。（時掌切）上，篆文上。【《說文解字》卷一上，上部】

按：小篆「上」，指事字，全功能零合成。古文「丄」，也為指事字，全功能零合成。兩者之間的差別只是將「丨」筆訛變為「上」，這一變化僅起裝飾作用。此組為異寫字。

3. 帝 dì：帝（小篆）——帝（古文）

> 諦也。王天下之號也。从上，朿聲。（都計切）帝，古文帝。古文諸上字皆从一，篆文皆从二。二，古文上字。辛、示、辰、龍、童、音、章皆从古文丄。【《說文解字》卷一上，上部】

按：小篆「帝」，像花之蒂，象形字，全功能零合成。古文「帝」，象形字，全功能零合成。吳大澂、王國維、郭沫若等古文字學者皆認為「帝」為「蒂」之初文，像花蒂之形。小篆與古文字形差別在於前者加了一個羨餘符號「一」。此組為異寫字。

4. 旁 páng：旁（小篆）——旁、旁（古文）

> 溥也。从二（二，古文上字），闕，方聲。（步光切）旁，古文旁。旁，亦古文旁。旁，籀文旁。【《說文解字》卷一上，上部】

馬敘倫：雱。倫按从雨，方聲，為形聲字。晉世《籀篇》尚有存者。《籀篇》有雱字。呂忱詳其詞義是旁溥字，故以為籀文旁。許不錄者，倉訓中無其字也。他亦例此矣。籀文下大例當有旁字。〔註2〕

丁山：雱，《廣雅·从旁》云：「雱雱，雨也。」雱之本訓，當為雨盛。盛與大，意相近。旁與雱，聲又同。《史籀篇》遂解雱為旁歟。非然者，雱亦必後人依《字林》補也。《釋旁》

〔註1〕董蓮池：《說文解字考正》，北京：作家出版社，2005 年，第 1 頁。
〔註2〕李圃：《古文字詁林》，第一冊，上海：上海教育出版社，2000 年，第 57 頁。

王延林：甲骨文……片象邊界畫分州野的標誌。邊界都有四邊。……表示東南西北四方之形，因此可以認為旁的本義是四面八方的意思。〔註3〕

按：小篆「旁」與古文「旁」、古文「旁」均為形聲字，義音合成。「旁」商代甲骨文作片（《甲骨文合集》二六九五頁），西周金文作旁、旁（《金文編》七頁），皆從片、方聲。小篆與古文字形上部均為片之訛變。此組為異寫字。

5. 下 xià：下（小篆）——丅（古文）

底也。指事。（胡雅切）下，篆文下。【《說文解字》卷一上，上部】

按：小篆「下」，指事字，全功能零合成。古文「丅」，也為指事字，全功能零合成。兩者之間的差別只是將「丨」筆訛變為「𠄌」。此組為異寫字。

6. 示 shì：示（小篆）——𤔔（古文）

天垂象，見吉凶，所以示人也。從二（二，古文上字）；三垂，日、月、星也。觀乎天文，以察時變。示，神事也。凡示之屬皆從示。（神至切）𤔔，古文示。【《說文解字》卷一上，示部】

徐中舒：以象木表或石柱為神主之形，之上或其左右之點劃，為增飾符號。卜辭祭祀占卜中，示為天神、地祇、先公、先王之通稱。〔註4〕

按：小篆「示」，字形象祖先神主之形，象形字，全功能零合成。古文「𤔔」，也為象形字，全功能零合成。「示」由「𤔔」訛變而成。此組為異寫字。

7. 禮 lǐ：禮（小篆）——𤔔（古文）

履也。所以事神致福也。從示，從豊，豊亦聲。（靈啟切）𤔔，古文禮。【《說文解字》卷一上，示部】

按：小篆「禮」，由示、由豊會意，豊也表聲。會意兼形聲字，綜合合成。古文「𤔔」，從示、已聲。形聲字，義音合成。此組為異構字。

8. 祡 chái：祡（小篆）——禩（古文）

燒柴焚燎以祭天神。從示，此聲。《虞書》曰：「至於岱宗，祡。」（仕皆切）禩，古文祡。從隋省。【《說文解字》卷一上，示部】

按：小篆「祡」，從示、此聲，形聲字，義音合成。古文「禩」，從示、隋省聲，形聲字，義音合成。此組為異構字。

〔註3〕王延林：《常用古文字字典》，上海：上海書畫出版社，1987年，第8頁。
〔註4〕徐中舒：《甲骨文字典》，成都：四川辭書出版社，1988年，第11頁。

9. 社 shè：社（小篆）——禚（古文）

地主也。从示、土。《春秋傳》曰：「共工之子句龍為社神。」《周禮》：二十五家為社，各樹其土所宜之木。（常者切）禚，古文社。【《說文解字》卷一上，示部】

按：小篆「社」，从示、土聲，形聲字，義音合成。王筠《說文句讀》：「古讀社、土同聲。」古文「禚」，从示、从木，土聲，形聲字，綜合合成。此組為異構字。

10. 三 sān：三（小篆）——弎（古文）

天、地、人之道也。从三數。凡三之屬皆从三。（穌甘切）弎，古文三，从弋。【《說文解字》卷一上，三部】

馬如森：積畫為數，用三橫標示三的數字。本義是三數。〔註5〕

按：小篆「三」，指事字，全功能零合成。古文「弎」，从弋、三聲，形聲字，義音合成。據黃侃先生考證：「弋者椓弋，古用籌算，凡陳數必以弋計。」此組為異構字。

11. 王 wáng：王（小篆）——𠙻（古文）

天下所歸往也。董仲舒曰：「古之造文者，三畫而連其中謂之王。三者，天、地、人也。而參通之者，王也。」孔子曰：「一貫三為王。」凡王之屬皆从王。（李陽冰曰：中畫近上，王者則天之義。雨方切）𠙻，古文王。【《說文解字》卷一上，王部】

按：王甲骨文字形為「大」，金文字形為「王」，兩者字形均為斧鉞之形。斧鉞為禮器，象徵王者之權威。王的小篆字形和古文字形均為象形。全功能零合成。此組為異寫字。

12. 玉 yù：王（小篆）——玉（古文）

石之美。有五德：潤澤以溫，仁之方也；䚡理自外，可以知中，義之方也；其聲舒揚，專以遠聞，智之方也；不橈而折，勇之方也；銳廉而不技，絜之方也。象三玉之連。丨，其貫也。凡玉之屬皆从玉。（陽冰曰：三畫正均，如貫玉也。魚欲切。）玉，古文玉。【《說文解字》卷一上，玉部】

〔註5〕馬如森：《殷墟甲骨文實用字典》，上海：上海大學出版社，2008年，第19頁。

按：小篆「王」，字形象玉塊相連之形，象形字，全功能零合成。古文「示」也是象形字，標形合成。加「八」僅用來和「王」相區別。此組為異寫字。

13. 璿 ruì：璿（小篆）──璿（古文）

美玉也。从玉，睿聲。《春秋傳》曰：璿弁玉纓。（似沿切）璿，古文璿。𪔕，籀文璿。【《說文解字》卷一上，玉部】

王國維：籀文璿。案，𪔕从玉，叡聲，是籀文固應有叡字，及睿字，乃叔部叡下出古文睿。籀文𪔕，蓋《史篇》𪔕字雖从叡作，而於當用叡字處。又作𪔕字，亦从叡作而無叡字。蓋古人字書亦多異文，非若後世之謹嚴矣。《史籀篇疏證》

馬敘倫：𪔕，王念孫曰：「叡，繫傳作𪔕，从玉，當从之。《玉篇》、《廣韻》並作𪔕，今作叡非。叡即聰明睿智之睿。」沈濤曰：「今篆訛奪玉字。」倫按王沈說是。〔註6〕

按：小篆「璿」，从玉、睿聲，形聲字，義音合成。古文「璿」，从玉、𪔕聲，形聲字，義音合成。「𪔕」古睿字。此組為異構字。

14. 瑁 mào：瑁（小篆）──珇（古文）

諸侯執圭朝天子，天子執玉以冒之，似犂冠。《周禮》曰：「天子執瑁四寸。」从玉、冒，冒亦聲。（莫報切）珇，古文省。【《說文解字》卷一上，玉部】

按：小篆「瑁」，由玉、由冒會意，冒也表聲。會意兼形聲字，綜合合成。古文「珇」，是瑁的省略。从玉、目聲，形聲字，義音合成。冒、目一聲之轉，古通用。此組為異構字。

15. 玕 gān：玕（小篆）──珺（古文）

琅玕也。从玉干聲。《禹貢》：「雝州球琳琅玕。」（古寒切）珺，古文玕。【《說文解字》卷一上，玉部】

按：小篆「玕」，从玉、干聲，形聲字，義音合成。古文「珺」，从玉、旱聲，形聲字，義音合成。此組為異構字。

16. 中 zhōng：中（小篆）──𠁦（古文）

內也。从口。｜，上下通。（陟弓切）𠁦，古文中。𠁩，籀文中。【《說文解字》卷一上，｜部】

〔註6〕李圃：《古文字詁林》，第一冊，上海：上海教育出版社，2000年，第257頁。

　　王國維：案此字殷墟卜辭作🔣，作🔣。頌鼎作🔣。小盂鼎作🔣。其上下或一斿，或二斿，或三斿。其斿或在左，🔣或在右，無如🔣字作者。田齊時之子禾子釜作🔣。其斿略直，與籀文相似，而上下四斿亦皆在右。羅振玉《殷墟書契》考釋云：古中字斿或在左，或在右，象因風而或左或右也。無作🔣者，蓋斿不能同時既偃於左，又偃於右。其說至精，然則此字當為轉寫之訛矣。《史籀篇疏證》

　　強運開：令鼎作🔣，仲父鼎作🔣，子仲匜作🔣，皆假作伯仲字。又頌鼎吳彝師酉敝等。凡云立中廷者，皆作🔣，與鼓文同。是羅氏之說為可信。至於🔣為古文中，段氏即謂此字可疑，以為淺人誤以屈中之蟲入此。又徐鼎臣以🔣為籀文中，亦無左證。殆由🔣字傳寫之誤耳。《癸鼓》

　　馬敘倫：🔣，王紹蘭曰：「漢蔡湛頌、劉修碑、夏承碑、仲字偏旁皆作🔣。」倫按鍇本字為張次立所補，許書蓋只一重文作🔣，轉寫訛為🔣耳。🔣當依金文作🔣。🔣即《周禮‧考工記》所謂熊旗六遊也。蓋🔣从🔣而🔣之。既為十五環旗而旗在其中，故有中央之義。上下通者，依中形為說耳，指事。又疑从🔣🔣聲，為形聲字。義亦為十五集中。沈兒鐘作🔣，中字化盤作🔣，卯簋作🔣。《說文解字六書疏證》

　　于省吾：伯仲之仲作中，中間之中作🔣。从世則以仲代中，以中代🔣，中行而🔣廢。《釋中宗祖丁和中宗祖乙》

　　馬如森：獨體象物字，象旗幟形。「囗」表示中間。本義是旗幟。借為中，方位名詞。〔註7〕

　　按：小篆「中」，由囗、由丨會意，會意字，會義合成。古文「🔣」，从囗、从🔣，會意字，會義合成。「🔣」為「丨」之變形。此組為異寫字。

17. 毒 dú：🔣（小篆）——🔣（古文）

　　厚也。害人之草，往往而生。从屮，从毒。（徒沃切）🔣，古文毒，从刀、葍。【《說文解字》卷一下，屮部】

　　按：小篆「🔣」，从屮、毒聲，形聲字，義音合成。古文「🔣」，从刀、葍聲，形聲字，義音合成。此組為異構字。

18. 莊 zhuāng：🔣（小篆）——🔣（古文）

─────────────

〔註7〕馬如森：《殷墟甲骨文實用字典》，上海：上海大學出版社，2008年，第20頁。

上諱。（臣鍇等曰：「此漢明帝名也。从草，从壯，未詳。」側羊切）𤯓，古文莊。【《說文解字》卷一下，艸部】

按：小篆「莊」，从艸、壯聲，形聲字，義音合成。古文「𤯓」為「奘」字之訛。此組對應關係不成立。

19. 荊 jīng：𦯔（小篆）——𦳊（古文）

楚，木也。从草，刑聲。（舉卿切）𦳊，古文荊。【《說文解字》卷一下，艸部】

按：小篆「𦯔」，从艸、刑聲，形聲字，義音合成。古文「𦳊」，从艸、𦳊聲，形聲字，義音合成。此組為異構字。

20. 蕢 kuì：蕢（小篆）——𠩵（古文）

草器也。从草，貴聲。（求位切）𠩵，古文蕢，象形。《論語》曰：「有荷臾而過孔氏之門。」【《說文解字》卷一下，艸部】

按：小篆「蕢」，从艸、貴聲，形聲字，義音合成。古文「𠩵」，象形字，全功能零合成。此組為異構字。

21. 釆 biàn：釆（小篆）——𠦚（古文）

辨別也。象獸指爪分別也。凡釆之屬皆从釆。讀若辨。（蒲莧切）𠦚，古文釆。【《說文解字》卷二上，釆部】

按：小篆「釆」，字形象張開的獸爪之形，象形字，全功能零合成。古文「𠦚」，為「釆」之訛變，也為象形字，全功能零合成。此組為異寫字。

22. 番 fān：番（小篆）——𨴮（古文）

獸足謂之番。从釆，田象其掌。（附袁切）蹯，番或从足，从煩。𨴮，古文番。【《說文解字》卷二上，釆部】

按：小篆「番」，从田、釆聲，形聲字，義音合成。徐灝《段注箋》云：「番古音重唇讀若潘，與釆聲近。」古文「𨴮」，字形象獸之掌，象形字，全功能零合成。此組為異構字。

23. 悉 xī：悉（小篆）——𢛁（古文）

詳、盡也。从心从釆。（息七切）𢛁，古文悉。【《說文解字》卷二上，釆部】

按：小篆「悉」，由心、由釆會意，會意字，會義合成。古文「𢛁」，由囧（明亮）、由心會意，會意字，會義合成。此組為異構字。

24. 氂 lái：▨（小篆）──▨（古文）

強曲毛，可以箸起衣。从犛省，來聲。（洛哀切）▨，古文氂省。【《說文解字》卷二上，犛部】

按：小篆「▨」，从犛省、來聲，形聲字，義音合成。古文「▨」，是從「▨」省去「敄」，來聲，也為形聲字，義音合成。此組為異寫字。

25. 咳 hái：▨（小篆）──▨（古文）

小兒笑也。从口，亥聲。（戶來切）▨，古文咳，从子。【《說文解字》卷二上，口部】

按：小篆「▨」，从口、亥聲，形聲字，義音合成。古文「▨」，从子、亥聲，形聲字，義音合成。此組為異構字。

26. 哲 zhé：▨（小篆）──▨（古文）

知也。从口，折聲。（陟列切）悊，哲或从心。▨，古文哲，从三吉。【《說文解字》卷二上，口部】

按：小篆「▨」，从口、折聲，形聲字，義音合成。古文「▨」，由三個「吉」會意，會意字，會義合成。此組為異構字。

27. 君 jūn：▨（小篆）──▨（古文）

尊也。从尹，發號，故从口。（舉云切）▨古文。象君坐形。【《說文解字》卷二上，口部】

馬如森：从尹、从口，象意字。象手持杖，口示發令之意。本義是「握有權柄的發號施令者」。〔註8〕

按：小篆「▨」，由口、由尹會意，會意字，會義合成。古文「▨」，上方「▨」應為「▨」之訛。所以，古文也由口、由尹會意，會意字，會義合成。此組為異寫字。

28. 周 zhōu：▨（小篆）──▨（古文）

密也。从用、口。（職留切）▨，古文周字。从古文及。【《說文解字》卷二上，口部】

孫常敘：（▨）中間虛白是雕琢凹陷之處，而毛觸實處則是它雕琢後突現之

〔註8〕馬如森：《殷墟甲骨文實用字典》，上海：上海大學出版社，2008 年，第34 頁。

紋。《說文》:「周,瑂,治玉也。」「瑂,琢文也。」這個字正像治玉琢文之形,是古瑂字無疑。〔註9〕

按:小篆「周」,由用、由口會意,會意字,會義合成。古文「周」,由用、由及會意,會意字,會義合成。段玉裁《說文解字注》:「及之者,周至之意。」此組為異構字。

29. 唐 táng:唐（小篆）──昜（古文）

大言也。从口,庚聲。(徒郎切)昜,古文唐。从口、易。【《說文解字》卷二上,口部】

馬如森:(唐)从口、从庚,庚標聲。字象口狀,大聲喊話。本義是大聲言語。〔註10〕

按:小篆「唐」,从口、庚聲,形聲字,義音合成。古文「昜」,从口、易聲,形聲字,義音合成。庚古音讀如岡,見母、庚韻;易,以母、支韻。兩者聲韻相近。此組為異構字。

30. 吝 lìn:吝（小篆）──彣（古文）

恨、惜也。从口,文聲。《易》曰:「以往吝。」(臣鉉等曰:今俗別作悋,非是。良刃切)彣,古文吝,从彡。【《說文解字》卷二上,口部】

馬如森:从文、从口,口表示某種珍奇寶物,字象人保護財物之形。如「彣」古文象意。本義是慳吝。〔註11〕

按:小篆「吝」,从口、从文,會意字,會義合成。古文「彣」,从口、从彡,會意字,會義合成。此組為異構字。

31. 昏 guā:昏（小篆）──昏（古文）

塞口也。从口,昏省聲。(古活切)昏古文,从甘。【《說文解字》卷二上,口部】

按:小篆「昏」,从口、昏省聲,形聲字,義音合成。古文「昏」,从甘、昏省聲,形聲字,義音合成。此組為異構字。

32. 谷 yǎn:谷（小篆）──谷（古文）

〔註9〕孫常敘:《孫常敘古文字學論集》,上海:上海古籍出版社,2016年,第299頁。
〔註10〕馬如森:《殷墟甲骨文實用字典》,上海:上海大學出版社,2008年,第37頁。
〔註11〕馬如森:《殷墟甲骨文實用字典》,上海:上海大學出版社,2008年,第38頁。

山間陷泥地。从口，从水敗貌。讀若沇州之沇。九州島之渥地也，故以沇名焉。（以轉切），古文㕣。【《說文解字》卷二上，口部】

按：小篆「」，从口、从水敗的樣子，會意字，會義合成。古文「」，从谷、从省，會意字，會義合成。此組為異構字。

33. 嚴 yán：（小篆）——（古文）

教命急也。从吅，厰聲。（語杴切）古文。【《說文解字》卷二上，吅部】

按：小篆「」，从吅、厰聲，形聲字，義音合成。古文「」，从品、㪅聲，形聲字，義音合成。㪅，古之「敢」字，嚴、㪅同部聲相近。此組為異構字。

34. 起 qǐ：（小篆）——（古文）

能立也。从走，巳聲。（墟里切），古文起，从辵。【《說文解字》卷二上，走部】

按：小篆「」，从走、巳聲，形聲字，義音合成。古文「」，从辵、巳聲，形聲字，義音合成。此組為異構字。

35. 正 zhèng：（小篆）——、（古文）

是也。从止，一以止。凡正之屬皆从正。（徐鍇曰：「守一以止也。」之盛切），古文正。从二；二，古上字。，古文正。从一、足；足者亦止也。【《說文解字》卷二下，正部】

按：小篆「」，由一、由止會意，會意字，會義合成。古文「」，上面「一」為飾筆。其亦為會意字，會義合成。此組為異寫字。古文「」，由一、由足會意，會意字，會義合成。其與小篆字形為異構字。

36. 造 zào：（小篆）——（古文）

就也。从辵，告聲。譚長說：造，上士也。（七到切），古文造。从舟。【《說文解字》卷二下，辵部】

按：小篆「」，从辵、告聲，形聲字，義音合成。古文「」，从舟、告聲，形聲字，義音合成。此組為異構字。

37. 速 sù：（小篆）——（古文）

疾也。从辵，束聲。（桑穀切），籀文，从欶。，古文，从欶、从言。【《說文解字》卷二下，辵部】

　　羅振玉：箋曰：「籀文从敕，作遬。今此文不作遬。蓋小篆與籀古同也。」篆文本於古籀合者十有八九，其許書別出古籀者，半為古文異體也。《石鼓文考釋》

　　馬敘倫：宋保曰：「速，籀文作遬，古文作警，皆敕聲。」朱駿聲曰：「警當為諫之古文，古書或借諫為速耳。」倫按敕亦束聲也。古文下挽速字，从敕从言校語。《汗簡》引雜字指，獄字作𣝊。又引庾嚴默字書欒字作𣝊。《魏三體石經》訓字作𦥑。其言字皆與此同，疑郭虞皆本古文官書。官書中字多與石經同，或相似。其速字如此作，而呂忱依官書加於此也。〔註12〕

　　按：小篆「遬」，从辵、束聲。古文「警」，从言、𣝊聲。兩者均為形聲字，義音合成。此組為異構字。

38. 辿 xǐ：辿（小篆）──屎（古文）

移也。从辵，止聲。（斯氏切）辿或从彳。屎古文徙。【《說文解字》卷二下，辵部】

　　按：小篆「辿」，从辵、止聲，形聲字，義音合成。而古文「屎」為屎之本字，兩者不構成對應關係。

39. 遷 qiān：遷（小篆）──㩹（古文）

登也。从辵，�聲。（七然切）㩹，古文遷，从手、西。【《說文解字》卷二下，辵部】

　　按：小篆「遷」，从辵、�聲；古文「㩹」，从手、西聲。兩者均為形聲字，義音合成。此組為異構字。

40. 遂 suí：遂（小篆）──遾（古文）

亾也。从辵，㒸聲。（徐醉切）遾，古文遂。【《說文解字》卷二下，辵部】

　　馬如森：从止、从豕，或从犬，或从鹿，或从行，字象追趕動物。本義是追撞。〔註13〕

　　按：小篆「遂」，从辵、㒸聲；古文「遾」，从辵、㒸聲。兩者均為形聲字，義音合成。㒸是「蕢」之訛變。此組為異構字。

41. 近 jìn：近（小篆）──岅（古文）

〔註12〕李圃：《古文字詁林》，第二冊，上海：上海教育出版社，2000年，第332頁。
〔註13〕馬如森：《殷墟甲骨文實用字典》，上海：上海大學出版社，2008年，第46頁。

附也。从辵，斤聲。（渠遴切）𣥠，古文近。【《說文解字》卷二下，辵部】

按：小篆「𨑁」，从辵、斤聲；古文「𣥠」，从止、斤聲。兩者均為形聲字，義音合成。此組為異構字。

42. 邇 ěr：𨔶（小篆）──𨒡（古文）

近也。从辵，爾聲。（兒氏切）𨒡，古文邇。【《說文解字》卷二下，辵部】

按：小篆「𨔶」，从辵、爾聲；古文「𨒡」，从辵、尔聲。兩者均為形聲字，義音合成。此組為異構字。

43. 遠 yuǎn：𨖚（小篆）──𢕱（古文）

遼也。从辵，袁聲。（雲阮切）𢕱，古文遠。【《說文解字》卷二下，辵部】

按：小篆「𨖚」，从辵、袁聲，形聲字，義音合成。古文「𢕱」，由辵、由步會意，會意字。此組為異構字。

44. 逖 tì：𨗭（小篆）──𨙅（古文）

遠也。从辵，狄聲。（他歷切）𨙅，古文逖。【《說文解字》卷二下，辵部】

按：小篆「𨗭」，从辵、狄聲；古文「𨙅」，从辵、易聲。段玉裁《說文解字注》：「易、狄同部。」兩者均為形聲字，義音合成。此組為異構字。

45. 道 dào：𧗺（小篆）──𧘂（古文）

所行道也。从辵，从𩠐。一達謂之道。（徒皓切）𧘂，古文道。从𩠐、寸。【《說文解字》卷二下，辵部】

按：小篆「𧗺」，由辵、由首會意；古文「𧘂」，由首、由寸會意，兩者均為會意字，會義合成。此組為異構字。

46. 往 wǎng：𢓭（小篆）──𢓴（古文）

之也。从彳，㞷聲。（於兩切）𢓴，古文。从辵。【《說文解字》卷二下，彳部】

按：小篆「𢓭」，从彳、㞷聲；古文「𢓴」，从辵、㞷聲。兩者均為形聲字，義音合成。宋保《諧聲補逸》：「𢓭古文作𢓴，皆㞷聲。」此組為異構字。

47. 復 tuì：𢓶（小篆）──𢕈（古文）

卻也。一曰：行遲也。从彳，从日，从夊。（他內切）𠗟，復或从內。𢕈古文。从辵。【《說文解字》卷二下，彳部】

按：復的初文作㣆（天亡簋），所以小篆「復」，應由彳、由夂、由𣆔省會意；古文「復」，應由辵、由日、由𣆔省會意。兩者均為會意字，會義合成。此組為異構字。

48. 後 hòu：後（小篆）——後（古文）

遲也。从彳、幺、夊者，後也。（徐鍇曰：「幺，猶躡躓之也。」（胡口切））後，古文後。从辵。【《說文解字》卷二下，彳部】

按：小篆「後」，由彳、由幺、由夊會意；古文「後」，由辵、由幺、由夊會意。兩者均為會意字，會義合成。此組為異構字。

49. 得 dé：得（小篆）——得（古文）

行有所得也。从彳，㝵聲。（多則切）得古文。省彳。【《說文解字》卷二下，彳部】

馬如森：从彳、从貝、从又，象意字，字象在街上手拾貝形。本義是得到。〔註14〕

按：小篆「得」，从彳、㝵聲，形聲字，義音合成；古文「得」，得之省形，由見、由寸會意，會意字，會義合成。此組為異構字。

50. 御 yù：御（小篆）——馭（古文）

使馬也。从彳，从卸。（徐鍇曰：「卸，解車馬也。或彳或卸皆御者之職。」牛據切）馭，古文御。从又，从馬。【《說文解字》卷二下，彳部】

馬如森：合體象事字，象人持鞭使馬於路上形。本義是使馬〔註15〕

按：小篆「御」，由彳、由卸會意；古文「馭」，由馬、由又會意。兩者均為會意字，會義合成。此組為異構字。

51. 齒 chǐ：齒（小篆）——齒（古文）

口齗骨也。象口齒之形，止聲。凡齒之屬皆从齒。（昌里切）齒，古文齒字。【《說文解字》卷二下，齒部】

按：小篆「齒」，从齒形、止聲，形聲字，形音合成；古文「齒」，字形象牙齒之形，象形字，全功能零合成。此組為異構字。

52. 牙 yá：牙（小篆）——牙（古文）

〔註14〕馬如森：《殷墟甲骨文實用字典》，上海：上海大學出版社，2008年，第49頁。
〔註15〕馬如森：《殷墟甲骨文實用字典》，上海：上海大學出版社，2008年，第50頁。

牡齒也。象上下相錯之形。凡牙之屬皆从牙。（五加切）𩬲，古文牙。【《說文解字》卷二下，牙部】

按：小篆「𩵋」，字形象牙上下交錯之形。象形字，全功能零合成。古文「𩬲」，从臼，牙聲。形聲字，義音合成。此組為異構字。

53. 冊 cè：𠕋（小篆）——𥮦（古文）

符命也。諸侯進受於王也。象其札一長一短中有二編之形。凡冊之屬皆从冊（楚革切）。𥮦古文冊。从竹。【《說文解字》卷二下，冊部】

按：小篆「𠕋」，字形象典冊之形，象形字，全功能零合成。古文「𥮦」，从竹，冊聲。形聲字，義音合成。此組為異構字。

54. 嗣 sì：嗣（小篆）——𡥈（古文）

諸侯嗣國也。从冊，从口，司聲。（徐鍇曰：「冊必於廟。史讀其冊，故从口。祥吏切」）𡥈，古文嗣。从子。【《說文解字》卷二下，冊部】

馬如森：从冊、从大、从子，卜辭字隸定作嗣，从大子即「長子」，有繼承，接續之意。〔註16〕

按：小篆「嗣」，从冊、从口，司聲，形聲字，綜合合成。古文「𡥈」，从子、司聲，形聲字，義音合成。此組為異構字。

55. 囂 yín：囂（小篆）——𡅘（古文）

語聲也。从𣦹，臣聲。（語巾切）𡅘，古文囂。【《說文解字》卷二下，𣦹部】

李孝定：商承祚曰：「象眾口之曉曉疑即『囂』字」……商代疑此為囂，以𣦹例之，其說是也。〔註17〕

按：小篆「囂」，从𣦹、臣聲。形聲字，義音合成。古文「𡅘」，从土、囂聲。形聲字，義音合成。此組為異構字。

56. 㔾 tiàn：㔾（小篆）——㔾（古文）

舌貌。从谷省。象形。（他念切）㔾，古文㔾。讀若三年道服之「道」。一曰：竹上皮。讀若沾。一曰：讀若誓。弼字从此。【《說文解字》卷三上，谷部】

按：小篆「㔾」及古文「㔾」字形均像舌頭舔舐之形。兩者均為象形字，

〔註16〕馬如森：《殷墟甲骨文實用字典》，上海：上海大學出版社，2008 年，第 53 頁。
〔註17〕李孝定：《甲骨文字集釋》，中央研究院歷史語言研究所，1970 年，第 2245 頁。

全功能零合成。古文中「∧」僅為裝飾符號。此組為異寫字。

57. 商 shāng：商（小篆）──商、商（古文）

　　從外知內也。從㕯，章省聲。（式陽切）商，古文商。商，亦古文商。商，籀文商。【《說文解字》卷三上，㕯部】

　　王國維：商，《說文》㕯部。商，從外知內也。從㕯，章省聲。商籀文商。案，師田父敦商字從商，與籀文略近。《史籀篇疏證》

　　高田忠周：籀文作商，疑從晶省，亦明意也。唯愚謂實從省，即絲文，即星字。然此為商星義本字，而與商通用。又小篆作，從古而不改也。《古籀篇》

　　馬敘倫：錢玄同曰：「籀文疑為參商之商字。」郭沫若曰：「傳卣作商。其⠔與籀文之◎ ◎均象星形。」倫按王筠據鍇本作商。錢說近理。傳卣商字當是賣之異文，從貝，商聲，不省。以此證知籀文商為商星本字，從晶，商聲，當入晶部。（傳卣商字所從之商，或從㕯、䚻聲。䚻即本書之殷，皆甲文䇂、木之變訛。今之曜字亦其變也。）《說文解字六書疏證》

　　朱芳圃：商，籀文商。按商，星名也，或增◉ ◎，象星形，意尤明顯。又增Ｕ，附之形符也。〔註18〕

　　按：小篆「商」與古文「商」、「商」均從㕯，章省聲。古文與小篆相異部分僅為組構部件之訛變。三者均為形聲字，義音合成。此組為異寫字。

58. 古 gǔ：古（小篆）──古（古文）

　　故也。從十、口。識前言者也。凡古之屬皆從古。（臣鉉等曰：十口所傳是前言也。公戶切）古，古文古。【《說文解字》卷三上，古部】

　　按：小篆「古」，由十、由口會意，會意字，會義合成。古文「古」，從寶、古聲。形聲字，義音合成。此組為異構字。

59. 詩 shī：詩（小篆）──詩（古文）

　　志也。從言，寺聲。（書之切）詩，古文詩省。【《說文解字》卷三上，言部】

　　按：小篆「詩」，從言、寺聲。形聲字，綜合合成。古文「詩」，從古文「言」，之聲。形聲字，義音合成。此組為異構字。

60. 謀 móu：謀（小篆）──譬、譬（古文）

〔註18〕李圃：《古文字詁林》，第二冊，上海：上海教育出版社，2000年，第668頁。

慮難曰謀。从言，某聲。（莫浮切）��，古文謀。��，亦古文。【《說文解字》卷三上，言部】

按：小篆「謀」，从言、某聲。古文「��」，从口、母聲。古文「��」，从古文「言」，母聲。某、母古同聲而通用。三者均為形聲字，義音合成。此組為異構字。

61. 謨 mó：��（小篆）——��（古文）

議謀也。从言，莫聲。《虞書》曰：「咎繇謨。」（莫胡切）��，古文謨。从口。【《說文解字》卷三上，言部】

按：小篆「謨」，从言、莫聲。古文「��」，从口、莫聲。兩者均為形聲字，義音合成。此組為異構字。

62. 訊 xùn：��（小篆）——��（古文）

問也。从言，卂聲。（思晉切）��，古文訊。从鹵。【《說文解字》卷三上，言部】

按：小篆「訊」，从言、卂聲。古文「��」，从古文「言」，鹵聲。段玉裁《說文解字注》：「鹵，古文西。」西、訊上古同屬心紐。西，脂部；訊，真部。脂真對轉。兩者均為形聲字，義音合成。此組為異構字。

63. 信 xìn：��（小篆）——��、��（古文）

誠也。从人，从言。會意。（息晉切）��，古文从言省。��，古文信。【《說文解字》卷三上，言部】

按：小篆「��」，由人、由言會意；古文「��」，由人、由口會意；古文「��」，由言省、由心會意。訛：王筠《說文句讀》：「言者，心之聲也。」三者均為會意字，會義合成。此組為異構字。

64. 誥 gào：��（小篆）——��（古文）

告也。从言，告聲。（古到切）��，古文誥。【《說文解字》卷三上，言部】

按：小篆「��」，从言、告聲。形聲字，義音合成。古文「��」，从言，肘聲。形聲字，義音合成。此組為異構字。

65. 䜌 luán：��（小篆）——��（古文）

亂也。一曰：治也。一曰：不絕也。从言、絲。（呂員切）��，古文䜌。【《說文解字》卷三上，言部】

按：小篆「絲」，由言、由絲會意；古文「絲」，由爪、由絲會意。絲：徐鍇
《說文解字繫傳》：「象絲亂而爪治之。爪，手反也。」 兩者均為會意字，會義
合成。此組為異構字。

66. 譙 qiào：譙（小篆）——誚（古文）

嬈譊也。从言，焦聲。讀若嚼。（才肖切）誚，古文譙。从肖。《周書》曰：
「亦未敢誚公。」【《說文解字》卷三上，言部】

按：小篆「譙」，从言、焦聲。古文「誚」，从言、肖聲。兩者均為形聲字，
義音合成。此組為異構字。

67. 業 yè：業（小篆）——業（古文）

大版也。所以飾懸鍾鼓。捷業如鋸齒，以白畫之。象其鉏鋙相承也。从丵，
从巾。巾象版。《詩》曰：「巨業維樅。」（魚怯切）業，古文業。【《說文解
字》卷三上，丵部】

按：小篆「業」，字形象人頂大版之形。古文「業」應為「業」之訛變。「業」
為「業」之初文。兩者均為象形字，全功能零合成。此組為異構字。

68. 僕 pú：僕（小篆）——僕（古文）

給事者。从人，从業，業亦聲。（蒲沃切）僕，古文。从臣。【《說文解字》
卷三上，業部】

馬如森：（僕）象事字，字象一奴僕用雙手持簸箕勞作之形，臀之尾是服飾。
金文父丙卣字形與甲骨文同。本義是奴僕。〔註19〕

按：小篆「僕」，从人、从業，業亦聲。古文「僕」，从臣、从業，業亦聲。
兩者均為會意兼形聲字，綜合合成。此組為異構字。

69. 弇 gān、yǎn：弇（小篆）——弇（古文）

蓋也。从廾，从合。（古南切，又一儉切）弇，古文弇。【《說文解字》卷三
上，部】

按：小篆「弇」，由廾、由合會意；古文「弇」，由廾、由穴會意。兩者均
為會意字，會義合成。此組為異構字。

70. 兵 bīng：兵（小篆）——兵（古文）

〔註19〕馬如森：《殷墟甲骨文實用字典》，上海：上海大學出版社，2008 年，第 61 頁。

械也。从廾持斤，並力之貌。（補明切）〔古文兵字〕，古文兵，从人廾干。〔籀文兵字〕，籀文。【《說文解字》卷三上，廾部】

商承祚：郐句鑃作〔字形〕，秦新郪虎符作〔字形〕，皆同漢篆。斤下增一筆，（袁敞碑作〔字形〕）則與說文之籀文〔字形〕同矣。《十二家吉金圖錄》

馬敘倫：鈕樹玉曰：「此字見秦刻石，玉篇廣韻並無。」倫按秦詛楚文有此字，陽陵兵符亦同，未詳。或曰匠省聲。兵匠聲同陽類。籀文下挩兵字。〔註20〕

馬如森：甲骨文〔字形〕，从斤、从雙手，字象兩手持斤形，斤為斧鉞。本義是雙手持兵器。〔註21〕

按：小篆「〔字形〕」，从廾持斤的樣子。古文「〔字形〕」，由人、由廾、由干會意。斤、干皆為兵器。兩者均為會意字，會義合成。此組為異構字。

71. 共 gòng：〔字形〕（小篆）──〔字形〕（古文）

同也。从廿、廾。凡共之屬皆从共。（渠用切）〔字形〕，古文共。【《說文解字》卷三上，共部】

按：小篆「〔字形〕」，字形中的「廿」應為「〔字形〕」之訛變。小篆與古文均應為由四手會意。兩者均為會意字，會義合成。此組為異寫字。

72. 舁 qiān：〔字形〕（小篆）──〔字形〕（古文）

升高也。从舁，囟聲。（七然切）〔字形〕，舁或从卩。〔字形〕，古文舁。【《說文解字》卷三上，舁部】

按：小篆「〔字形〕」，从舁、囟聲。形聲字，義音合成。古文「〔字形〕」為小篆部分組構部件之重複，仍為形聲字，義音合成。此組為異寫字。

73. 與 yǔ：〔字形〕（小篆）──〔字形〕（古文）

黨與也。从舁，从与。（余呂切）〔字形〕，古文與。【《說文解字》卷三上，舁部】

按：小篆「〔字形〕」，从舁、与聲。古文「〔字形〕」，从廾、与聲。兩者均為形聲字，義音合成。此組為異構字。

74. 要 yào：〔字形〕（小篆）──〔字形〕（古文）

身中也。象人要自臼之形。从臼，交省聲。（於消切。又，於笑切）〔字形〕，古文要。【《說文解字》卷三上，臼部】

〔註20〕李圃：《古文字詁林》，第三冊，上海：上海教育出版社，2000年，第148頁。

〔註21〕馬如森：《殷墟甲骨文實用字典》，上海：上海大學出版社，2008年，第63頁。

李孝定：甲骨文 ，从日，本象頭形……字象女子自臼其腰之形，女子尚細腰，蓋自古已然。〔註22〕

按：小篆「」，从臼、交省聲，形聲字，義音合成。古文「」，字形象人兩手叉腰的樣子。會意字，會義合成。此組為異構字。

75. 農 nóng：農（小篆）——、（古文）

耕也。从晨，囟聲。（徐鍇曰：當从凶乃得聲。奴冬切），籀文農，从林。，古文農。，亦古文農。【《說文解字》卷三上，晨部】

劉心源：《說文》作農，从晨囟聲。籀文作。考農卣有 字，人名。令鼎：「王大耤 於諆田。」皆从天从辰。此从 从 即農。《說文》：「辰，震也。三月陽氣動，靁電振民農時也。」晨，早昧爽也。从臼从辰，辰時也，辰亦聲。農取田辰會意，从 乃田變也。《奇觚室吉金文述》

羅振玉：、、。《說文解字》：「耕田也。从晨囟聲。籀文从林作 。」此从林，从辰。或加又，象執事於田間。不从囟。諆田鼎作 。予所藏史農觶作 ，並从田。散盤作 ，亦从乂，與卜辭同。从田與諆田鼎史農觶同。知許書从囟者，乃从田之訛矣。《殷墟書契考試》

王國維：卜辭作農，金文或作晨，从田，皆从辰。疑本从辰不从晨省。《史籀篇疏證》

按：農之古文及小篆字體中「」應為「田」之形訛，「」應為「林」之訛，「」應為「辰」之訛。小篆「農」和古文「」應由林、由田、由辰會意，古文「」應由林、由辰會意。三者均為會意字，會義合成。此組為異構字。

76. 革 gé：革（小篆）——（古文）

獸皮治去其毛，革更之。象古文革之形。凡革之屬皆从革。（古核切），古文革。从三十。三十年為一世，而道更也。臼聲。【《說文解字》卷三下，革部】

按：革之小篆「革」與古文「」字形皆為獸皮治去其毛的樣子，小篆字形純屬古文字形之訛變。許慎認為，小篆革「象古文革之形」。兩者均為象形字，全功能零合成。此組為異寫字。

77. 靵 zhé：靵（小篆）——（古文）

〔註22〕李孝定：《甲骨文字集釋》，中央研究院歷史語言研究所，1970 年，第 833 頁。

柔革也。从革，从旦聲。（旨熱切），古文䩥。从亶。【《說文解字》卷三下，革部】

按：小篆「」，从革、旦聲；古文「」，从革、亶聲。「」為「革」之變形。兩者均為形聲字，義音合成。此組為異構字。

78. 鞭 biān：（小篆）——（古文）

驅也。从革，㪲聲。（卑連切），古文鞭。【《說文解字》卷三下，革部】

按：小篆「」，从革、便聲，形聲字，義音合成。古文「」，應由亼、由攴會意，會意字，會義合成。此組為異構字。

79. 孚 fú：（小篆）——（古文）

卵孚也。从爪，从子。一曰：信也。（徐鍇曰：鳥之孚卵皆如其期，不失信也。鳥裒恒以爪反覆其卵也。芳無切），古文孚，从示。示，古文保。【《說文解字》卷三下，爪部】

馬如森：从又、从子，字象一手撫愛小子之形。金文寰簋之「口」填實作。本義是撫愛。〔註 23〕

按：小篆「」，由爪、由子會意；古文「」，也由爪、由子會意，「八」僅為對稱點飾。兩者均為會意字，會義合成。此組為異寫字。

80. 為 wéi：（小篆）——（古文）

母猴也。其為禽好爪。爪，母猴象也。下腹為母猴形。王育曰：「爪，象形也。」（薳支切），古文為象兩母猴相對形。【《說文解字》卷三下，爪部】

馬如森：甲骨文，从手、从象，象意字，字象手牽象形。為人助勞。本義是手牽象以助勞。〔註 24〕

按：小篆「」，字形象手牽大象的樣子，會意字，會義合成。古文「」無法解釋。

81. 厷 gōng：（小篆）——（古文）

臂上也。从又，从古文。（古薨切），古文厷，象形。，厷或从肉。【《說文解字》卷三下，又部】

按：小篆「」，由又、由會意，會意字，會義合成。古文「」像

〔註 23〕馬如森：《殷墟甲骨文實用字典》，上海：上海大學出版社，2008 年，第 67 頁。
〔註 24〕馬如森：《殷墟甲骨文實用字典》，上海：上海大學出版社，2008 年，第 67 頁。

曲臂之形。象形字，全功能零合成。此組為異構字。

82. 尹 yǐn：尹（小篆）──𦘔（古文）

治也。从又、丿，握事者也。(余準切)𦘔，古文尹。【《說文解字》卷三下，又部】

王鳳陽：字象手持杖形，表有權威的人，統治者、指揮者、管理者。〔註25〕

按：小篆「尹」，从又、从丿，像手持權杖形，會意字，會義合成。古文「𦘔」，字形象雙手持權杖形，也為會意字，會義合成。此組為異構字。

83. 及 jí：及（小篆）──乁、弓、𨤲（古文）

逮也。从又，从人。(徐鍇曰：及前人也。巨立切)乁，古文及。《秦刻石》及如此。弓，亦古文及。𨤲，亦古文及。【《說文解字》卷三下，又部】

馬如森：甲骨文及，从人、从又，字象一人在前，後有一手在捕捉。本義是捕人。〔註26〕

按：小篆「及」，由人、由又會意，會意字，會義合成。三古文字形皆不可解。

84. 反 fǎn：反（小篆）──反（古文）

覆也。从又，厂反形。(府遠切)反，古文。【《說文解字》卷三下，又部】

按：小篆「反」，从又、从厂會意，厂像物體翻覆的樣子。古文「反」字形中的「一」僅為羨餘符號。兩者均為會意字，會義合成。此組為異寫字。

85. 彗 huì：彗（小篆）──篲（古文）

掃竹也。从又持甡。(祥歲切)彗，彗或从竹。篲，古文彗。从竹，从習。【《說文解字》卷三下，又部】

王廷林：慧，甲骨文作ﬀ，象掃帚之形。……本義為掃帚，引申為掃除。〔註27〕

按：小篆「彗」，从又持甡；古文「篲」，由竹、由習會意。兩者均為會意字，會義合成。此組為異構字。

86. 叚 jiǎ：叚（小篆）──叚（古文）

〔註25〕王鳳陽：《漢字學》，長春：吉林文史出版社，1989年，第916頁。
〔註26〕馬如森：《殷墟甲骨文實用字典》，上海：上海大學出版社，2008年，第71頁。
〔註27〕王廷林：《常用古文字字典》，上海：學林出版社，2012年，第177頁。

借也。闕。（古雅切）⿰，古文叚。⿰，譚長說：叚如此。【《說文解字》卷三下，又部】

按：小篆「⿰」，字形象兩手傳物之形，會意字，會義合成。古文「⿰」，字形象在厂下取物，兩手相付之形，會意字，會義合成。此組為異構字。

87. 友 yǒu：⿰（小篆）──⿰、⿰（古文）

同志為友。从二又。相交友也。（云久切）⿰，古文友。⿰，亦古文友。【《說文解字》卷三下，又部】

按：小篆「⿰」，从二又；古文「⿰」，亦从二又，兩短橫為飾筆。兩者均為會意字，會義合成。古文「⿰」，从⿰、西聲，形聲字，義音合成。此組為異構字。

88. 事 shì：⿰（小篆）──⿰（古文）

職也。从史，之省聲。（鉬史切）⿰，古文事。【《說文解字》卷三下，史部】

按：小篆「⿰」，从史、之省聲，形聲字，義音合成。古文「⿰」，為小篆字形之訛變，組構方式與「⿰」相同。此組為異寫字。

89. 支 zhī：⿰（小篆）──⿰（古文）

去竹之枝也。从手持半竹。凡支之屬皆从支。（章移切）⿰，古文支。【《說文解字》卷三下，支部】

按：小篆「⿰」，从手持半竹；古文「⿰」，為小篆之古體，从手持竹。兩者皆為會意字，會義合成。此組為異寫字。

90. 肅 sù：⿰（小篆）──⿰（古文）

持事振敬也。从聿在⿰上，戰戰兢兢也。（息逐切）⿰，古文肅。从心，从⿰。【《說文解字》卷三下，聿部】

按：小篆「⿰」，从聿在⿰上，會意字；古文「⿰」，由心、由⿰、由聿會意，會意字。兩者均為會義合成。此組為異構字。

91. 畫 huà：⿰（小篆）──⿰、⿰（古文）

界也。象田四界。聿，所以畫之。凡畫之屬皆从畫。（胡麥切）⿰，古文畫省。⿰，亦古文畫。《玉篇》古文劃字。【《說文解字》卷三下，畫部】

按：小篆「⿰」，⿰字形象田之四界，聿為畫的工具；古文「⿰」，也从聿、从田，會意字，兩者皆為會義合成。此組為異構字。古文「⿰」，从刀、畫聲，形聲字，義音合成，其與小篆亦為異構字關係。

92. 役 yì：㣇（小篆）——㒷（古文）

戍邊也。从殳，从彳。（臣鉉等曰：彳，步也。彳亦聲。營只切）㒷，古文役。从人。【《說文解字》卷三下，殳部】

按：小篆「㣇」，由殳、由彳會意，彳也表聲。會意兼形聲字，綜合合成；古文「㒷」，由�（殳之訛）、由人會意。會意字，會義合成。此組為異構字。

93. 殺 shā：𣪩（小篆）——𣏂、𣏂、㣇（古文）

戮也。从殳，殺聲。凡殺之屬皆从殺。（臣鉉等曰：《說文》無殺字。相傳云音察。未知所出。所八切）𣏂，古文殺。𣏂，古文殺。㣇，古文殺。【《說文解字》卷三下，殳部】

按：「殺」之古文見甲骨文，作𢍓（《甲骨文編》四九〇～四九一，吳振武釋），構形為用戈斷人首。殺的古文和小篆均為會意字，會義合成。此組為異構字。

94. 皮 pí：㿝（小篆）——㿮（古文）

剝取獸革者謂之皮。从又，為省聲。凡皮之屬皆从皮。（符羈切）㿮，古文皮。㿮，籀文皮。【《說文解字》卷三下，皮部】

王國維：叔皮父敦皮作𩩍，从㿝，㿝者，革之半字也。毛公鼎攸勒之字作𩍏，吳尊蓋作𩍏、𩍏、𩍏，均象革形。㿝从又持半革，故為剝去獸革之名。籀文作㿮，乃𩩍傳寫之訛。許君之書有行雖失而誼甚古者，此類是也。《史籀篇疏證》

林義光：皮為不同音。古作𩩍，从尸，象獸頭角尾之形。⊃象其皮，彐象手剝取。《文源》

強運開：籀文皮字作㿮，與鼓文近似。王氏云：「借作被，音與被孟豬之被同。」趙古則、楊升庵俱釋作彼。張德容云：「當是借為彼字。」運開按，讀作彼字是也。《石鼓釋文》

高田忠周：為省聲恐非。㿝與革之𦰌同意，即其象形也。又即手剝取之也。《古籀篇》

馬敘倫：㿮，此為㿝之訛變。《說文解字六書疏證》

按：「皮」金文作𩩍（叔皮父簋），从㿝、从彐，會剝獸皮之義。小篆「㿝」，从尸、从彐，亦會剝取獸皮之義；古文「㿮」，从㿝、从彐，所會之義同小篆。尸與㿝應為同形之訛變。兩者均為會意字，會義合成。此組為異寫字。

95. 夒 ruǎn：**閬**（小篆）──**尻**（古文）

柔韋也。从北，从皮省，从夐省。凡夒之屬皆从夒。讀若耎。一曰若雋。（臣鉉等曰：北者，反覆柔治之也。夐，營也。而兗切）**尻**，古文夒。**閬**，籀文夒。从夐省。【《說文解字》卷三下，夒部】

王國維：《考工記》注《倉頡篇》有鞄夒，蓋本史篇。班固所謂文字多取諸《史籀篇》者也。其改**兔**為夒，許君所謂取史篇大篆或頗省改者也。**尻**从一人在穴上，**兆**从二人在穴上，意則一也。《史籀篇疏證》

馬敘倫：陳邦懷曰：「卜辭有**兆**，即夒字所从。」倫按錢坫謂夒篆當作**禁**，即从為之省也。段玉裁、姚文田、桂馥皆當作**禁**，从皮省。倫謂以籀文證之，从皮省，**禁**省。《說文》本作柔皮也。今為校者所改矣。从北从皮省从夐省亦校者改之。〔註28〕

按：小篆「**閬**」，由北、由皮省會意，由夐省表聲。會意兼形聲字，綜合合成。古文「**尻**」，字形不可解。

96. 徹 chè：**徹**（小篆）──**徹**（古文）

通也。从彳，从攴，从育。（丑列切）**徹**，古文徹。【《說文解字》卷三下，攴部】

按：小篆「**徹**」，由彳、由攴、由育會意。會意字，會義合成。古文「**徹**」，从攴、鬲聲，形聲字，義音合成。此組為異構字。

97. 教 jiào：**教**（小篆）──**教**、**爻**（古文）

上所施下所效也。从攴，从孝。凡教之屬皆从教。（古孝切）**教**，古文教。**爻**，亦古文教。【《說文解字》卷三下，教部】

馬如森：甲骨文**教**，从丨、从又、从爻、从子，爻標聲。字象手持杖教子之形。〔註29〕

按：小篆「**教**」，由攴、由子、由爻會意；古文「**教**」，由言、由子、由爻會意；古文「**爻**」，由攴、由爻會意。三者均為會意字，會義合成。此組為異構字。

98. 卜 bǔ：**卜**（小篆）──**卜**（古文）

〔註28〕李圃：《古文字詁林》，第三冊，上海：上海教育出版社，2000年，第602頁。
〔註29〕馬如森：《殷墟甲骨文實用字典》，上海：上海大學出版社，2008年，第84頁。

· 52 ·

灼剝龜也，象灸龜之形。一曰象龜兆之縱橫也。凡卜之屬皆从卜。（博木切），古文卜。【《說文解字》卷三下，卜部】

按：小篆「」與古文「」，兩者均為象形字，全功能零合成。此組為異寫字。

99. 兆 zhào：（小篆）——（古文）

灼龜坼也，从卜，象形。（治小切），，古文卜。【《說文解字》卷三下，卜部】

按：小篆「」，由卜、由兆會意，會意字，會義合成；古文「」，像龜甲的裂紋，象形字，全功能零合成。此組為異構字。

100. 用 yòng：（小篆）——（古文）

可施行也。从卜，从中。衛宏說。凡用之屬皆从用。（臣鉉等曰：卜中乃可用也。余訟切），古文用。【《說文解字》卷三下，用部】

于省吾：用字初文本象日常用器的桶形，因而引申為施用之用。〔註 30〕

按：小篆「」與古文「」，兩者均像桶之形。于省吾《甲骨文字釋林》：「用字初文作，像甬（今作桶）形，……其演化規律是由而而而而。」兩者均為象形字，全功能零合成。此組為異寫字。

101. 目 mù：（小篆）——（古文）

人眼。象形。重童子也。凡目之屬皆从目。（莫六切），古文目。【《說文解字》卷四上，目部】

按：小篆「」與古文「」，字形均像眼睛之形，兩者皆為象形字，全功能零合成。此組為異寫字。

102. 睹 dǔ：（小篆）——（古文）

見也。从目，者聲。（當古切），古文从見。【《說文解字》卷四上，目部】

按：小篆「」，从目、者聲；古文「」，从見、者聲。兩者均為形聲字，義音合成。此組為異構字。

103. 睦 mù：（小篆）——（古文）

〔註 30〕于省吾：《甲骨文字釋林》，北京：中華書局，1979 年，第 360 頁。

目順也。从目，奎聲。一曰敬和也。（莫卜切）🔣，古文睦。【《說文解字》卷四上，目部】

按：小篆「睦」，从目、奎聲；古文「🔣」，从⊙（古文目字），奎省聲。兩者均為形聲字，義音合成。此組為異構字。

104. 省 xǐng：🔣（小篆）——🔣（古文）

視也。从眉省，从中。（臣鉉等曰：中，通識也。所景切）🔣，古文從少，从囧。【《說文解字》卷四上，眉部】

商承祚：甲骨文🔣，為省之本字，象省察時，目光四射之形。〔註31〕

按：小篆「🔣」，从目，生聲。「中」為「生」之訛。古文「🔣」，亦从目，生聲。「囧」為「目」之訛，「少」為「生」之訛。兩者均為形聲字，義音合成。此組為異構字。

105. 自 zì：🔣（小篆）——🔣（古文）

鼻也。象鼻形。凡自之屬皆从自。（疾二切）🔣，古文自。【《說文解字》卷四上，自部】

按：小篆「🔣」與古文「🔣」，皆為象形字，全功能零合成。古文字形中的「一」為裝飾性筆劃。此組為異寫字。

106. 矯 zhì：🔣（小篆）——🔣（古文）

識詞也。从白，从虧，从知。（知義切）🔣，古文矯。【《說文解字》卷四上，白部】

按：小篆「🔣」，由自、由于、由知會意；古文「🔣」，由于、由丘、由知會意。兩者均為會意字，會義合成。此組為異寫字。

107. 百 bǎi：🔣（小篆）——🔣（古文）

十十也。从一、白。數，十百為一貫。相章也。（博陌切）🔣，古文百。从自。【《說文解字》卷四上，白部】

按：小篆「🔣」，从一、白聲；古文「🔣」，从自不可解。古文白、自常通用。古文「🔣」也應从一、白聲。兩者均為形聲字，義音合成。此組為異寫字。

〔註31〕商承祚：《殷契佚存・考釋》，北京：中國文化研究所，1966年，第2頁。

108. 奭 shì：奭（小篆）──奭（古文）

盛也。从大，从皕，皕亦聲。此燕召公名。讀若郝。《史篇》名醜。（徐鍇
曰：《史篇》謂所作《倉頡》十五篇也。詩亦切）奭，古文奭。【《說文解字》
卷四上，皕部】

按：小篆「奭」，从大、从皕，皕也聲；古文「奭」，也應从大、从皕，皕
亦聲。古文酉和皕常通用。兩者均為會意兼形聲字，綜合合成。此組為異寫字。

109. 雉 zhì：雉（小篆）──𬵡（古文）

有十四種：盧諸雉，喬雉，鳲雉，鷩雉，秩秩海雉，翟山雉，翰雉，卓雉，
伊洛而南曰翬，江淮而南曰搖，南方曰𩁟，東方曰甾，北方曰稀，西方曰
蹲。从隹，矢聲。（直几切）𬵡，古文雉。从弟。【《說文解字》卷四上，隹
部】

于省吾：不雉眾，古雉、夷通用，夷古訓傷。不雉眾，猶言不傷眾也。〔註32〕
按：小篆「雉」，从隹、矢聲；古文「𬵡」，从隹，弟聲。兩者均為形聲字，
義音合成。此組為異構字。

110. 羌 qiāng：羌（小篆）──羌（古文）

西戎牧羊人也。从人，从羊，羊亦聲。南方蠻閩从蟲，北方狄从犬，東方
貉从豸，西方羌从羊：此六種也。西南僰人、僬僥，从人；蓋在坤地，頗有
順理之性。唯東夷从大。大，人也。夷俗仁，仁者壽，有君子不死之國。孔
子曰：「道不行，欲之九夷，乘桴浮於海。」有以也。（去羊切）羌，古文羌
如此。【《說文解字》卷四上，羊部】

按：小篆「羌」，从人、从羊，羊亦聲；古文「羌」，从四人、从羊省，羊亦
聲。兩者均為會意兼形聲字，綜合合成。此組為異構字。

111. 鳳 fèng：鳳（小篆）──朋、鵬（古文）

神鳥也。天老曰：「鳳之象也，鴻前麐後，蛇頸魚尾，鸛顙鴛思，龍文虎
背，燕頷雞喙，五色備舉。出於東方君子之國，翱翔四海之外，過崑崙，
飲砥柱，濯羽弱水，莫宿風穴。見則天下大安寧。」从鳥，凡聲。（馮貢
切）朋，古文鳳，象形。鳳飛，群鳥從以萬數，故以為朋黨字。鵬，亦古
文鳳。【《說文解字》卷四上，鳥部】

〔註32〕于省吾：《甲骨文字釋林》，北京：中華書局，1979 年，第 175 頁。

馬如森：甲骨文🔲、🔲，獨體象物字，从鳥，或从凡，凡標聲，字象側視之
鳳鳥。本義是鳳凰。〔註33〕

按：小篆「鳳」，从鳥、凡聲，形聲字，義音合成。古文「🔲」，象形字，全
功能零合成。此組為異構字。古文「🔲」，从🔲、鳥聲，形聲字，義音合成，與
小篆亦為異構字關係。

112. 鸚 nán：🔲（小篆）──🔲、🔲、🔲（古文）

鳥也。从鳥，董聲。（那干切）🔲，鸚或从隹。🔲古文鸚。🔲古文鸚。🔲，
古文鸚。【《說文解字》卷四上，鳥部】

按：小篆「🔲」和古文「🔲」、古文「🔲」及古文「🔲」均為形聲字，義音
合成。鳥、隹表類屬，董與其訛變形體均表音。此組均為異構字。

113. 烏 wū：🔲（小篆）──🔲、🔲（古文）

孝鳥也。象形。孔子曰：「烏，🔲呼也。」取其助氣，故以為烏呼。凡烏之
屬皆从烏。（哀都切。臣鉉等曰：今俗作嗚，非是。）🔲，古文烏，象形。
🔲，象古文烏省。【《說文解字》卷四上，烏部】

按：小篆「🔲」和古文「🔲」，都是象形字。古文「🔲」為古文「🔲」省。
三者均為全功能零合成。此組為異寫字。

114. 棄 qì：🔲（小篆）──🔲（古文）

捐也。从廾推華棄之，从云。云，逆子也。（臣鉉等曰：云，他忽切、詰利
切）🔲，古文棄。🔲，籀文棄。【《說文解字》卷四下，華部】

羅振玉：🔲，《說文》：「🔲，从廾推華棄之。」从云。云，逆子也。古文作
🔲。籀文作🔲。此从🔲在🔲中，廾棄之，殆即棄字。《殷墟書契考釋》

高田忠周：此篆作🔲，為華字變。畢字从華。金文或有作🔲者，省絲雖異。
華有變體，可相證矣。古籀補是棄，形義並是，並从之。朱駿聲云，按許意謂
逆子人所棄，義甚迂曲。疑从草推華，又从疏省，會意，疏者遠也，徹也，外
也。此亦一說。《古籀篇》

馬如森：甲骨文🔲，从子、从雙手、从其，合體象意字，字象雙手持簸箕
將其子扔出。本義是拋棄。〔註34〕

〔註33〕馬如森：《殷墟甲骨文實用字典》，上海：上海大學出版社，2008年，第100頁。
〔註34〕馬如森：《殷墟甲骨文實用字典》，上海：上海大學出版社，2008年，第100頁。

・56・

　　馬敘倫：鈕樹玉曰：「《繫傳》作古文棄。《玉篇》、《廣韻》並無。」按正文本當與此同。此籀文疑後人增，鍇本作古文是也。《說文解字六書疏證》

　　李孝定：🔲，籀文棄。字象納子𠙁中棄之之形。古代傳說中常有棄嬰之記載，故製棄字象之。〔註35〕

　　按：小篆「🔲」，由收、由𠦂、由厶（倒子）會意；古文「🔲」，由收、由厶（倒子）會意。兩者均為會意字，會義合成。此組為異構字。

115. 叀 zhuān：🔲（小篆）──🔲、🔲（古文）

　　叀，小謹也。从幺省；屮，財見也；屮亦聲。凡叀之屬皆从叀。（職緣切）🔲，古文叀。🔲，亦古文叀。【《說文解字》卷四下，叀部】

　　徐中舒：甲骨文🔲，象紡磚上有線穗之形。〔註36〕

　　按：小篆「🔲」和古文「🔲」、「🔲」字形均像紡磚之形。甲骨文作🔲、🔲，其形象紡磚。三者均為全功能零合成。此組為異寫字。

116. 惠 huì：🔲（小篆）──🔲（古文）

　　仁也。从心，从叀。（徐鍇曰：為惠者，心專也。胡桂切）🔲，古文惠。从卉。【《說文解字》卷四下，叀部】

　　按：小篆「🔲」，由心、由叀會意，會意字，會義合成。古文「🔲」，从重、叀聲，形聲字，義音合成。段玉裁《說文解字注》：「（🔲）从叀聲」。此組為異構字。

117. 玄 xuán：🔲（小篆）──🔲（古文）

　　幽遠也。黑而有赤色者為玄。象幽而入覆之也。凡玄之屬皆从玄。（胡涓切）🔲，古文玄。【《說文解字》卷四下，玄部】

　　按：玄之本義應為細絲，《說文》：「（玄）悠遠也」，此應為玄之引申義。小篆「🔲」與古文「🔲」均為象形字，全功能零合成。此組為異寫字。

118. 𤔔 luàn：🔲（小篆）──🔲（古文）

　　治也。幺子相亂，受治之也。讀若亂同。一曰：理也。（徐鍇曰：冂，坰也，界也。郎段切）🔲，古文𤔔。【《說文解字》卷四下，受部】

　　按：小篆「🔲」與古文「🔲」均由幺、由受、由冂會意。朱駿聲《說文通訓

〔註35〕李圃：《古文字詁林》，第四冊，上海：上海教育出版社，2000年，第279頁。
〔註36〕徐中舒：《甲骨文字典》，成都：四川辭書出版社，1988年，第452頁。

定聲》：「閼」：從幺，從門、從受，會意。幺，絲也；門，介也；絲棼，受分理之。」古文字形中「　」為小篆字形中「　」之訛。三者均為會意字，會義合成。此組為異寫字。

119. 敢 gǎn：**敢**（小篆）——**敢**（古文）

進取也。從受、古聲。（古覽切）**敢**，籀文敢。**敢**，古文敢。【《說文解字》卷四下，受部】

吳大澄：**敢**，敢，勇敢也。象兩手相執，有物隔之，箝其口。毛公鼎作**敢**、**敢**。孟鼎作**敢**。師龢父敦作**敢**。師遽敦作**敢**。靜敦作**敢**。使夷敦**敢**。齊陳曼簠作**敢**。《古籀篇》

王國維：**敢**，此字毛公鼎作**敢**，從口。孟鼎作**敢**。作**敢**，從甘。殆以甘為聲。籀文所從之月，乃甘之訛。篆文從古，非其聲類矣。《史籀篇疏證》

馬敘倫：**敢**，王筠謂**甘**為甘之倒文。然金文敢字甚多，無從受者。魏石經篆文敢字如此。疑籀文當作篆文。此江氏據石經加之，抑或**敢**之訛變也。[註37]

按：小篆「**敢**」，從受、古聲；古文「**敢**」，從受、古聲。古文字形中「**八**」應為裝飾符號。兩者均為形聲字，義音合成。此組為異寫字。

120. 叡 ruì：**叡**（小篆）——**睿**（古文）

深明也。通也。從奴，從目，從谷省。（以芮切）**睿**，古文叡。**叡**，籀文叡。從土。【《說文解字》卷四下，奴部】

商承祚：《說文》：「睿，古文叡。」案王國維《史籀篇疏證》，是籀文固有叡字及睿字，乃叔部叡下出古文睿。籀文叡，蓋《史篇》叡字雖從叡作。而於當用叡字處又用叡字，亦從叡作，而無叡字。蓋古人字書多異文，非若後世之謹嚴矣。叡從土，必玉字之寫訛。遂分入兩部。此古文睿，從叡省也。古籀文及小篆疑皆有叡叡睿，而各出一體，故不重見。《說文古文考》

按：小篆「**叡**」，由奴、由目、由「谷」省去「口」會意。古文「**睿**」，由「奴」省去「又」、由目、由「谷」省去「口」會意。兩者均為會意字，會義合成。此組為異構字。

121. 歺 è：**歺**（小篆）——**歺**（古文）

〔註37〕李圃：《古文字詁林》，第四冊，上海：上海教育出版社，2000年，第361頁。

剔骨之殘也。从半冎。凡歺之屬皆从歺。讀若櫱岸之「櫱」。（徐鍇曰：冎，
剔肉置骨也。歺，殘骨也。故从半冎。臣鉉等曰：義不應有中一。秦刻石
文有之。五割切）𣦵，古文歺。【《說文解字》卷四下，歺部】

馬如森：甲骨文𦙑，獨體象物字，字象剔除肉之殘骨形。本義是殘骨。〔註38〕

按：小篆「𣦵」，字形象殘骨之形。古文「𣦵」為「𣦵」形之訛變。兩者均
為象形字，全功能零合成。此組為異寫字。

124. 殂 cú：**阻**（小篆）——**𤕾**（古文）

往、死也。从歺，且聲。《虞書》曰：「勛乃殂。」（昨胡切）𤕾，古文殂。
从歺，从作。【《說文解字》卷四下，歺部】

按：小篆「阻」，从歺、且聲。形聲字，義音合成。古文「𤕾」，从歺、从
作，為會意字，會義合成。此組為異構字。

123. 殪 yì：**殪**（小篆）——**壹**（古文）

死也。从歺，壹聲。（於計切）壹，古文殪。从死。【《說文解字》卷四下，
歺部】

按：小篆「殪」，从歺、壹聲；古文「壹」，从死、从壹省聲。兩者均為形
聲字，義音合成。此組為異構字。

124. 殄 tiǎn：**殄**（小篆）——**𠧪**（古文）

盡也。从歺，㐱聲。（徒典切）𠧪，古文殄如此。【《說文解字》卷四下，歺
部】

按：小篆「殄」，从歺、㐱聲，形聲字，義音合成。古文「𠧪」不可解。

125. 死 sǐ：**𣦸**（小篆）——**𣦹**（古文）

澌也，人所離也。从歺，从人。凡死之屬皆从死。（息姊切）𣦹，古文死如
此。【《說文解字》卷四下，死部】

馬如森：甲骨文𣦹，从骨、从一側視之跪人形。骨謂朽骨以示人死。字象人
跪拜乾朽骨之旁。本義是人死。〔註39〕

按：小篆「𣦸」和古文「𣦹」，均由歺、由人會意。古文「𣦹」為「𣦸」之
訛變。兩者均為會意字，會義合成。此組為異寫字。

〔註38〕馬如森：《殷墟甲骨文實用字典》，上海：上海大學出版社，2008 年，第 103 頁。
〔註39〕馬如森：《殷墟甲骨文實用字典》，上海：上海大學出版社，2008 年，第 104 頁。

126. 髀 bǐ：🦴（小篆）——🦵（古文）

股也。从骨，卑聲。（並弭切）🦵，古文髀。【《說文解字》卷四下，骨部】

按：小篆「🦴」，从骨、卑聲；古文「🦵」，从足、卑聲。兩者均為形聲字，義音合成。此組為異構字。

127. 脣 chún：🩸（小篆）——🩸（古文）

口端也。从肉，辰聲。（食倫切）🩸，古文脣。从頁。【《說文解字》卷四下，肉部】

按：小篆「🩸」，从肉、辰聲；古文「🩸」，从頁、辰聲。兩者均為形聲字，義音合成。此組為異構字。

128. 胤 yìn：胤（小篆）——🔣（古文）

子孫相承續也。从肉；从八，象其長也；从幺，象重累也。（羊晉切）🔣，古文胤。【《說文解字》卷四下，肉部】

按：小篆「胤」，由肉、由八、由幺會意。古文「🔣」，由肉、由收、由幺會意。兩者均為會意字，會義合成。此組為異構字。

129. 膌 jí：🩸（小篆）——🩸（古文）

瘦也。从肉，脊聲。（資昔切）🩸，古文膌。从疒，从束，束亦聲。【《說文解字》卷四下，肉部】

按：小篆「🩸」，从肉、脊聲，形聲字，義音合成。古文「🩸」，从疒、从束，束亦聲。會意兼形聲字，綜合合成。此組為異構字。

130. 腆 tiǎn：🩸（小篆）——🩸（古文）

設膳腆腆多也。从肉，典聲。（他典切）🩸，古文腆。【《說文解字》卷四下，肉部】

按：小篆「🩸」與古文「🩸」，均應从肉、典聲。古文字形中的「⊙」應為「肉」之變形。兩者均為形聲字，義音合成。此組為異寫字。

131. 肰 rán：🩸（小篆）——🩸、🩸（古文）

犬肉也。从犬、肉。讀若然。（如延切）🩸，古文肰。🩸，亦古文肰。【《說文解字》卷四下，肉部】

按：小篆「🩸」，由肉、由犬會意。古文「🩸」，由肉、由犬、由刀會意。兩

者均為會意字，會義合成。此組為異構字。古文「燚」應為「然」字，其與小篆無對應關係。

132. 肎 kěn：肎（小篆）——肎（古文）

骨閒肉，肎肎箸也。从肉，从冎省。一曰：骨無肉也。（苦等切）肎，古文肎。【《說文解字》卷四下，肉部】

按：小篆「肎」與古文「肎」，均應从肉，从冎省去冂會意。古文字形中「一」僅為羨餘符號。兩者都是會意字，會義合成。此組為異寫字。

133. 利 lì：利（小篆）——利（古文）

銛也。从刀。和然後利，从和省。《易》曰：「利者，義之和也。」（力至切）利，古文利。【《說文解字》卷四下，刀部】

馬如森：甲骨文利，从刀、从禾，象刀割禾形，象意字，本義是豐收割禾。
〔註40〕

按：小篆「利」和古文「利」，均由刀、由禾會意。古文字形中「彡」應為「刀」字迭加。兩者都是會意字，會義合成。此組為異構字。

134. 則 zé：則（小篆）——則、則（古文）

等畫物也。从刀从貝。貝，古之物貨也。（子德切）則，古文則。則，亦古文則。則，籀文則。从鼎。【《說文解字》卷四下，刀部】

劉心源：則，从彙鼎。《說文》則籀文作則。此更繁耳。《金文述》

商承祚：案金文皆从鼎。與籀文同。《古文考》

強運開：段注云，等畫物者，定其差等而各為介書也，今俗云科則是也。介書之，故从刀。引申之，為法則。假借之，為語詞。則字見於金文者。智鼎散氏盤作則。召伯虎敦、鬲攸比鼎俱作則。段敦作則，从重鼎。據此則古籀本相同也。《石鼓釋文》

馬敘倫：則，惠棟曰：「詛楚文，內之剷暴虐不辜，用籀文也。」倫按金文皆如此作。鼎非鼎鼐字，貝之異文。从鼎校者加之。《說文解字六書疏證》

按：小篆「則」和古文「則」，均由刀，由貝（古文「則」从雙貝）會意；古文「則」由鼎，由刀會意。三者均為會意字，會義合成。此組為異構字。

〔註40〕馬如森：《殷墟甲骨文實用字典》，上海：上海大學出版社，2008年，第106頁。

135. 剛 gāng：**剛**（小篆）——**㑑**（古文）

強斷也。从刀，岡聲。（古郎切）**㑑**，古文剛如此。【《說文解字》卷四下，刀部】

按：小篆「**剛**」，从刀、岡聲，形聲字，義音合成。古文「**㑑**」疑為「侃」字，與小篆無對應關係。

136. 制 zhì：**制**（小篆）——**㓟**（古文）

裁也。从刀，从未。未，物成有滋味，可裁斷。一曰止也。（征例切）**㓟**，古文制如此。【《說文解字》卷四下，刀部】

按：小篆「**制**」和古文「**㓟**」，均由未、由刀會意；古文「**㓟**」中的「**彡**」僅為裝飾性筆劃。兩者均為會意字，會義合成。此組為異寫字。

137. 衡 héng：**衡**（小篆）——**桌**（古文）

牛觸，橫大木其角。从角，从大，行聲。《詩》曰：「設其楅衡。」（戶庚切）**桌**，古文衡如此。【《說文解字》卷四下，角部】

按：小篆「**衡**」，从角、从大，行聲，形聲字，綜合合成。古文「**桌**」，由大、由角會意。古文中的「**卤**」應為「角」之訛變。古文為會意字，會義合成。此組為異構字。

138. 簬 lù：**簬**（小篆）——**簵**（古文）

箘簬也。从竹，路聲。《夏書》曰：「惟箘簬楛。」（洛故切）**簵**，古文簬。从輅。【《說文解字》卷五上，竹部】

按：小篆「**簬**」，从竹、路聲；古文「**簵**」，从竹、輅聲。兩者均為形聲字，義音合成。此組為異構字。

139. 籃 lán：**籃**（小篆）——**㲄**（古文）

大篝也。从竹，監聲。（魯甘切）**㲄**，古文籃如此。【《說文解字》卷五上，竹部】

按：小篆「**籃**」，从竹、監聲，形聲字，義音合成。古文「**㲄**」不可解。

140. 簋 guǐ：**簋**（小篆）——**匭**、**朹**、**㲃**（古文）

黍稷方器也。从竹，从皿，从皀。（居洧切）**匭**，古文簋。从匚、飢。**朹**，古文簋，或从軌。**㲃**，亦古文簋。【《說文解字》卷五上，竹部】

按：小篆「簋」，由竹、由皿、由皀會意。會意字，會義合成。古文「𣪘」，從匚、從飢。會意字，會義合成。古文「軌」，從匚，軌聲，形聲字，義音合成。兩古文與小篆均為異構字關係。古文「朹」為同音假借，與小篆無對應關係。

141. 簠 fǔ：簠（小篆）──医（古文）

黍稷圓器也。从竹、从皿，甫聲。（方矩切）医，古文簠。从匚，从夫。【《說文解字》卷五上，竹部】

按：小篆「簠」，从竹、从皿，甫聲；古文「医」，從匚、夫聲。兩者均為形聲字，義音合成。此組為異構字。

142. 管 guǎn：管（小篆）──琯（古文）

如篪，六孔。十二月之音。物開地牙，故謂之管。从竹，官聲。（古滿切）管，古者玉管以玉。舜之時，西王母來獻其白管。前零陵文學姓奚，于伶道舜祠下得笙玉管。夫以玉作音，故神人以和，鳳皇來儀也。从玉官聲。【《說文解字》卷五上，竹部】

按：小篆「管」，从竹、官聲；古文「琯」，从玉、官聲。兩者均為形聲字，義音合成。此組為異構字。

143. 箕 jī：箕（小篆）──𠀠、𠀠、𠔼（古文）

簸也。从竹，𠀠象形，下其丌也。凡箕之屬皆从箕。（居之切）𠀠，古文箕省。𠀠，亦古文箕。𠔼，亦古文箕。𠀠，籀文箕。匲，籀文箕。【《說文解字》卷五上，竹部】

王國維：籀文既作𠀠，復作匲者，籀篇有復字也。《倉頡篇》復字至揚雄始盡易之。《急就篇》亦有復字。據此及牆、牆二字，知《史篇》亦然，且多用假借字矣。《史籀篇疏證》

明義士：籀文之匲，與甲骨文之𠙵相同。卜辭之其，多假借為擬議未定之詞。因其皆假借為語詞，象形之義，晦而不明，後世乃又增竹，以別於語詞之其也。《伯根氏舊藏甲骨文字考釋》

強運開：𠀠，按說文古文箕作𠔼、𠀠、𠔼。籀文箕作𠀠、匲。此字本為箕字，所以簸者也。自經典多通用為語詞。小篆乃制从竹之箕字以示區別。金文中其多作𠀠，古文也。碣石頌男樂其疇女修其業兩其字作𠀠，蓋从籀文者。說文箕篆下列古籀重文而獨無𠀠、𠀠二形，是搜集尤未備也。《石鼓釋文》

馬敘倫：🔲，倫按亞形父已鼎有🔲字，與上此略同，蓋象編竹之多寡不同耳。此𠷎之轉注字，從竹，𠷎聲。🔲，倫按甲文作🔲，本書🔲下曰：「🔲，古文曲。此後起字。從🔲，其聲。」〔註41〕

按：小篆「箕」，從竹、其聲，形聲字，義音合成。古文「🔲」、古文「🔲」和古文「🔲」均像簸箕之形，收為手持之形。三個古文均為象形字，全功能零合成。此組為異構字。

144. 典 diǎn：🔲（小篆）——🔲（古文）

五帝之書也。從冊在丌上，尊閣之也。莊都說，典，大冊也。（多殄切）

🔲，古文典。從竹。【《說文解字》卷五上，丌部】

王廷林：甲骨文🔲，字象雙手捧冊與基上。〔註42〕

按：小篆「🔲」，從冊在丌上，會意字，會義合成。古文「🔲」，從竹、典聲，形聲字，義音合成。此組為異構字。

145. 巽 xùn：🔲（小篆）——🔲（古文）

具也。從丌，𢀖聲。（臣鉉等曰：庶物皆具丌以薦之。蘇困切）🔲，古文巽。

【《說文解字》卷五上，丌部】

按：小篆「🔲」和古文「🔲」均像兩個跪跽的人形，會意字，會義合成。甲骨文作🔲（《甲骨文合編》八〇九正），金文作🔲（陳喜壺），均像跪跽恭順的樣子。形體演變為由🔲而🔲而🔲而🔲。此組為異寫字。

146. 工 gōng：工（小篆）——🔲（古文）

巧飾也。象人有規榘也。與巫同意。凡工之屬皆從工。（徐鍇曰：為巧必遵規矩、法度，然後為工。否則，目巧也。巫事無形，失在於詭，亦當遵規榘。故曰與巫同意。古紅切）🔲，古文工。從彡。【《說文解字》卷五上，工部】

按：小篆「工」，字形象古巫師施法用的法器，象形字，全功能零合成。古文「🔲」，從工、從彡，會意字，會義合成。此組為異構字。

147. 巨 jù：🔲（小篆）——🔲（古文）

〔註41〕李圃：《古文字詁林》，第四冊，上海：上海教育出版社，2000年，第668頁。

〔註42〕王廷林：《常用古文字字典》，上海：學林出版社，2012年，第269頁。

規巨也。从工，象手持之。榘，巨或从木、矢。矢者，其中正也。（其呂切）
工，古文巨。【《說文解字》卷五上，工部】

按：小篆「巨」和古文「工」均从工，像手持之，會意字，會義合成。此
組為異寫字。

150. 巫 wū：巫（小篆）——靈（古文）

祝也。女能事無形，以舞降神者也。象人兩褒舞形。與工同意。古者巫咸
初作巫。凡巫之屬皆从巫。（武扶切）靈，古文巫。【《說文解字》卷五上，
巫部】

馬如森：甲骨文卐，獨體象物字，象女巫求神鬼所用的工具。〔註43〕

按：「巫」甲骨文作卐（《甲骨文編》二零七頁），从二「工」相交，「工」為
像古巫師施法用的法器。小篆「巫」字形中的「从」為「一」之訛變，由二
「工」會意。古文「靈」从收、巫聲，形聲字，義音合成。此組為異構字。

149. 甚 shèn：甚（小篆）——是（古文）

尤安樂也。从甘，从匹耦也。（常枕切）是，古文甚。【《說文解字》卷五上，
甘部】

按：小篆「甚」，由甘、由匹耦之「匹」會意；古文「是」，由口、由匹會
意。古文字形中「甘」和「口」可換用。兩者均為會意字，會義合成。此組為
異構字。

150. 乃 nǎi：𠄎（小篆）——㐾（古文）

曳詞之難也。象氣之出難。凡乃之屬皆从乃。（奴亥切。臣鉉等曰：今隸書
作乃）㐾，古文乃。𠄌，籀文乃。【《說文解字》卷五上，乃部】

馬敘倫：𠄌，籀文乃。鈕樹玉曰：「《繫傳》、《韻會》作𠄌。」倫按此𠄎之
茂文。〔註44〕

按：小篆「𠄎」與古文「㐾」，字形均像氣出之難，象形字，全功能零合成。
此組為異寫字。

151. 卤 réng：卤（小篆）——卤（古文）

〔註43〕馬如森：《殷墟甲骨文實用字典》，上海：上海大學出版社，2008年，第113頁。
〔註44〕李圃：《古文字詁林》，第五冊，上海：上海教育出版社，2000年，第19頁。

驚聲也。从乃省，西聲。籀文囟不省。或曰：囟，往也。讀若仍（臣鉉

等曰：西非聲，未詳。如乘切），古文囟。【《說文解字》卷五上，乃

部】

按：小篆「囟」與古文「囟」均不可解。

152. 平 píng：𠀆（小篆）——𠀆（古文）

語平舒也。从亏，从八。八，分也。爰禮說。（符兵切）𠀆，古文平如此。

【《說文解字》卷五上，亏部】

按：小篆「𠀆」，从亏、从八會意，「八」表示平分。會意字，會義合成。古

文「𠀆」不可解。

153. 旨 zhǐ：𠤔（小篆）——𠤔（古文）

美也。从甘，匕聲。凡旨之屬皆从旨。（職雉切）𠤔，古文旨。【《說文解字》

卷五上，旨部】

馬如森：甲骨文𠤕，从匕、从口，或从曰，字象以勺極物於口，有食者美

足之意。是為本義。〔註45〕

按：小篆「𠤔」，由甘、由匕會意，古文「𠤔」，由千、由甘會意。兩者均為

會意字，會義合成。此組為異構字。

154. 喜 xǐ：喜（小篆）——歖（古文）

樂也。从壴，从口。凡喜之屬皆从喜。（虛里切）歖，古文喜。从欠，與歡

同。【《說文解字》卷五上，壴部】

按：小篆「喜」，由壴、由口會意，會意字，會義合成。古文「歖」，从欠、

喜聲，形聲字，義音合成。此組為異構字。

155. 豆 dòu：豆（小篆）——豆（古文）

古食肉器也。从口，象形。凡豆之屬皆从豆。（徒候切）豆，古文豆。【《說

文解字》卷五上，豆部】

馬如森：甲骨文豆，獨體象物字，象豆形。古盛食品的器具，後用作禮器。

本義是器具。〔註46〕

按：小篆「豆」與古文「豆」字形均像古代吃東西時所用的器皿，象形字，

〔註45〕馬如森：《殷墟甲骨文實用字典》，上海：上海大學出版社，2008 年，第 117 頁。
〔註46〕馬如森：《殷墟甲骨文實用字典》，上海：上海大學出版社，2008 年，第 118 頁。

全功能零合成。此組為異寫字。

156. 豐 fēng：豐（小篆）──豐（古文）

豆之豐滿者也。从豆，象形。一曰：《鄉飲酒》有豐侯者。凡豐之屬皆从豐。（敷戎切）豐，古文豐。【《說文解字》卷五上，豐部】

馬如森：金文豐，从珏，从凵，从豆，字象一器盛玉置於豆上之形。以示盛有貴重物品的禮器。本義是豐滿。〔註47〕

按：小篆「豐」與古文「豐」均从豆，像豆被裝滿的樣子。會意字，會義合成。此組為異寫字。

157. 虐 nüè：虐（小篆）──虎（古文）

殘也。从虍，虎足反爪人也。（魚約切）虎，古文虐如此。【《說文解字》卷五上，虍部】

按：小篆「虐」，从虍，ㄹ人字形象虎爪翻過來爪人。古文「虎」由口、由虎會意。兩者均為會意字，會義合成。此組為異構字。

158. 虎 hǔ：虎（小篆）──虎、虎（古文）

山獸之君。从虍，虎足象人足。象形。凡虎之屬皆从虎。（呼古切）虎，古文虎。虎，亦古文虎。【《說文解字》卷五上，虍部】

馬如森：甲骨文虎，獨體象物字，字象虎形，有頭、身、足和尾。本義是虎。〔註48〕

按：小篆「虎」與古文「虎」均為古文「虎」字形之訛變，三者均為象形字，全功能零合成。此組為異寫字。

159. 丹 dān：丹（小篆）──丹、彤（古文）

巴越之赤石也。象採丹井，一象丹形。凡丹之屬皆从丹。（都寒切）丹，古文丹。彤。亦古文丹【《說文解字》卷五下，丹部】

按：小篆「丹」像採丹井口，古文「丹」像採丹井，皆為象形字，全功能零合成。此組為異寫字。古文「彤」，从彡、丹聲，形聲字，形音合成，與小篆為異構字關係。

160. 青 qīng：青（小篆）──青（古文）

〔註47〕馬如森：《殷墟甲骨文實用字典》，上海：上海大學出版社，2008 年，第 119 頁。
〔註48〕馬如森：《殷墟甲骨文實用字典》，上海：上海大學出版社，2008 年，第 120 頁。

東方色也。木生火，从生丹。丹青之信言象然。凡青之屬皆从青。（倉經切）

🜔，古文青。【《說文解字》卷五下，青部】

按：小篆「青」與古文「🜔」均由丹、由生會意。「中」為「生」之省，「𠂔」為「丹」之訛變。兩者均為會意字，會義合成。此組為異寫字。

161. 阱 jǐng：阱（小篆）——𡒄（古文）

陷也。从𨸏，从井，井亦聲。（疾正切）𡎆，阱或从穴。𡒄，古文阱。从水。

【《說文解字》卷五下，井部】

按：小篆「阱」，由𨸏、由井會意，井也表聲；古文「𡒄」，由水、由井會意，井也表聲。兩者均為會意兼形聲字，綜合合成。此組為異構字。

162. 爵 jué：爵（小篆）——🜔（古文）

禮器也。象爵之形，中有鬯酒，又持之也。所以飲。器象爵者，取其鳴節節足足也。（即畧切）🜔，古文爵，象形。【《說文解字》卷五下，鬯部】

馬如森：甲骨文🜔，獨體象物字，象古飲酒器形。有三足，流和，亦稱「爵」。本義是酒器。〔註49〕

按：小篆「爵」，像爵之形，中有酒，又持之。會意字，形義合成。古文「🜔」字形象爵之形，象形字，全功能零合成。此組為異構字。

163. 飪 rèn：飪（小篆）——任、𢛳（古文）

大孰也。从食，壬聲。（如甚切）任，古文飪。𢛳，亦古文飪。【《說文解字》卷五下，食部】

按：小篆「飪」，从食、壬聲；古文「任」，从肉、壬聲；古文「𢛳」，从心、任聲。三者均為形聲字，義音合成。此組為異構字。

164. 養 yǎng：養（小篆）——𢼛（古文）

供養也。从食，羊聲。（餘兩切）𢼛，古文養。【《說文解字》卷五下，食部】

按：小篆「養」，从食、羊聲；古文「𢼛」，从攴、羊聲。兩者均為形聲字，義音合成。此組為異構字。

165. 飽 bǎo：飽（小篆）——𩜋、𩚏（古文）

猒也。从食，包聲。（博巧切）𩜋，古文飽从釆。𩚏，亦古文飽。从卯聲。

【《說文解字》卷五下，食部】

〔註49〕馬如森：《殷墟甲骨文實用字典》，上海：上海大學出版社，2008 年，第 126 頁。

按：小篆「⿰食包」，從食、包聲；古文「⿰食孚」，從食、孚聲。古文孚、包同聲。古文「⿰食卯」，從食、卯聲。三者均為形聲字，義音合成。此組為異構字。

166. 會 huì：⿱亼曾（小篆）——令（古文）

合也。從亼，從曾省。曾，益也。凡會之屬皆從會。（黃外切）令，古文會如此。【《說文解字》卷五下，會部】

羅振玉：甲骨文會，會字器蓋謂之會，其文象器蓋上下相合。〔註50〕

李孝定：甲骨文會，似象盒中盛物之形。又疑象盒於合蓋之外器身二層重迭之形，故有會合之義。然若無左證耳。〔註51〕

按：小篆「⿱亼曾」，從△、從曾省會意；古文「令」由合、由彡（「彡」眾多意）會意。兩者均為會意字，會義合成。此組為異構字。

167. 全 quán：全（小篆）——⿱⺁玉（古文）

完也。從入，從工。（疾緣切）全，篆文全。從玉，純玉曰全。⿱⺁玉，古文全。【《說文解字》卷五下，入部】

按：小篆「全」，由入、由工會意，會意字，會義合成。古文「⿱⺁玉」，從⺁、全聲，形聲字，義音合成。「⺁」為「⺁」之訛變。此組為異構字。

168. 矦 hóu：⿱厂矢（小篆）——⿱厂矢（古文）

春饗所躲矦也。從人；從厂，象張布；矢在其下。天子躲熊虎豹，服猛也；諸侯躲熊豕虎；大夫射麋，麋，惑也；士射鹿豕，為田除害也。其祝曰：「毋若不寧矦，不朝於王所，故伉而躲汝也。」（乎溝切）⿱厂矢，古文矦。【《說文解字》卷五下，矢部】

按：小篆「⿱厂矢」和古文「⿱厂矢」均由厂、由矢會意。厂像張布，矢射之。小篆「⿹」為裝飾符號。兩者皆為會意字，會義合成。此組為異寫字。

169. 冂 jiōng：⿰丨（小篆）——⿱冂口（古文）

邑外謂之郊，郊外謂之野，野外謂之林，林外謂之冂。象遠界也。凡冂之屬皆從冂。（古熒切）⿱冂口，古文冂。從口，象國邑。坰，冂或從土。【《說文解字》卷五下，冂部】

按：小篆「⿰丨」像較遠的邊界之形。象形字，全功能零合成。古文「⿱冂口」，

〔註50〕周法高：《金文詁林》，香港：香港中文大學出版社，1975年，第3409頁。

〔註51〕李孝定：《甲骨文字集釋》，中央研究院歷史語言研究所，1970年，第1779頁。

由冂、由口會意，口像國都。會意字，會形合成。此組為異構字。

170. 覃 tán：覃（小篆）——👁（古文）

長味也。从厚，鹹省聲。《詩》曰：「實覃實籲。」（徒含切）👁，古文覃。覃，篆文覃省。【《說文解字》卷五下，厚部】

按：小篆「覃」，从厚、鹹省聲；古文「👁」，从豆省，从鹹省聲。兩者均為形聲字，義音合成。此組為異構字。

171. 厚 hòu：厚（小篆）——垕（古文）

山陵之厚也。从厚，从厂。（古文厚）垕，古文厚。从后、土。【《說文解字》卷五下，厚部】

按：小篆「厚」，从厂、从厚會意。會意字，會義合成。古文「垕」，从后、从土會意。會意字，會義合成。此組為異構字。

172. 良 liáng：良（小篆）——🔲、🔲、🔲（古文）

善也。从富省，亡聲。（徐鍇曰：良，甚也。故从富。呂張切）🔲，古文良。🔲，亦古文良。🔲，亦古文良。【《說文解字》卷五下，富部】

唐蘭：甲骨文🔲。……🔲即豆形，豆所以盛食物，而作八者，殆以象食物之香氣也。……香、良音近而轉……。〔註52〕

按：小篆「良」，从富省、亡聲。形聲字，義音合成；古文「🔲」，字形象高厚之形，象形字，全功能零合成。兩者為異構字。古文「🔲」和古文「🔲」均不可解。

173. 啚 bǐ：啚（小篆）——🔲（古文）

嗇也。从口、㐭。㐭，受也。（方美切）🔲，古文啚如此。【《說文解字》卷五下，㐭部】

馬如森：甲骨文🔲，獨體象物字，與㐭字形相近，其義相同，謂藏穀之倉，本義是倉。〔註53〕

按：小篆「啚」和古文「🔲」均應為都鄙之「鄙」的本字。口為城邑，㐭像露天糧倉。兩者皆為會意字，會義合成。此組為異寫字。

174. 嗇 sè：嗇（小篆）——嗇（古文）

〔註52〕唐蘭：《殷墟文字記》，北京：中華書局，1981年，第57頁。
〔註53〕馬如森：《殷墟甲骨文實用字典》，上海：上海大學出版社，2008年，第134頁。

愛濇也。从來，从㐭。來者，㐭而藏之。故田夫謂之嗇夫。凡嗇之屬皆从嗇。（所力切），古文嗇。从田。【《說文解字》卷五下，㐭部】

馬如森：金文，从禾，从田。从禾者，象倉㐭裝滿禾穀，以示倉滿。本義是倉滿。〔註 54〕

按：小篆「」，由來、由㐭會意。表麥子之類的穀物，用糧倉將其收藏起來。古文「」，由來、由田會意。為「來」之訛變。兩者均為會意字，會義合成。此組為異構字。

175. 夏 xià：（小篆）——（古文）

中國之人也。从夊，从頁，从臼。臼，兩手；夊，兩足也。（胡雅切），古文夏。【《說文解字》卷五下，夊部】

按：小篆「」，由夊、由臼、由頁會意。古文「」，由、由目、由足會意。朱駿聲《說文通訓定聲》：「古文（）从、从目、从足。」兩者均為會意字，會義合成。此組為異構字。

176. 舞 wǔ：（小篆）——（古文）

樂也。用足相背。从舛，無聲。（文撫切），古文舞。从羽、亡。【《說文解字》卷五下，舛部】

《甲骨文編》：甲骨文，象兩手曳牛尾而舞之形，後世用為無。〔註 55〕

按：小篆「」，从舛，無聲。形聲字，義音合成。古文「」，从羽、亡聲，形聲字，義音合成。此組為異構字

177. 舜 shùn：（小篆）——（古文）

艸也。楚謂之葍，秦謂之藑。蔓地連華。象形。从舛，舛亦聲。凡䑞之屬皆从䑞。（舒閏切。今隸變為舜），古文䑞。【《說文解字》卷五下，舜部】

按：小篆「」，像蔓地蓮花之形，从舛，舛亦聲。上古舜、舛同屬文部。會意兼形聲字，綜合合成。古文「」，像蔓地蓮花之形，从土，會意字，形義合成。此組為異構字

178. 韋 wěi：（小篆）——（古文）

〔註 54〕馬如森：《殷墟甲骨文實用字典》，上海：上海大學出版社，2008 年，第 134 頁。
〔註 55〕中國社會科學院考古研究所：《甲骨文編》，北京：中華書局，1965 年，第 255 頁。

相背也。从舛，囗聲。獸皮之韋，可以束枉戾相韋背，故藉以為皮韋。凡韋之屬皆从韋。（宇非切）𦍌，古文韋。【《說文解字》卷五下，韋部】

馬如森：甲骨文𦎩，从囗，囗示城邑，字象二腳繞城邑而行。有保衛之義。李孝定釋韋，即古圍字。〔註56〕

按：小篆「韋」，以「止」不向囗表違離其地之意，即違之初文。另一說為，以「止」統囗，有圍統、保護之義。會意字，會義合成。古文「𦍌」，為小篆之訛變，也為會意字，會義合成。此組為異寫字。

179. 弟 dì：𢎴（小篆）──𢎮（古文）

韋束之次弟也。从古字之象。凡弟之屬皆从弟。（特計切）𢎮，古文弟。从古文韋省，丿聲。【《說文解字》卷五下，弟部】

吳其昌：以形體言之，弟字明為叔字之省變，叔作𢆉，弟作𢎴同象……〔註57〕

按：小篆「𢎴」與古文「𢎮」，字形均像在木橛之類的東西「丫」上纏繩索「𠃊」，表先後次第之意。兩者均為象形字，全功能零合成。此組為異寫字。

180. 乘 chéng：𣏀（小篆）──𣏂（古文）

覆也。从入、桀；桀，黠也。軍法曰乘。（食陵切）𣏂，古文乘。从几。【《說文解字》卷五下，桀部】

按：乘之甲骨文作𡘙（《甲骨文編》二五八頁），像人登於樹上之形。乘之古文「𣏂」與小篆「𣏀」字形均由𡘙演變而來。兩者均為會意字，會義合成。此組為異寫字。

181. 李 lǐ：李（小篆）──杍（古文）

果也。从木，子聲。杍，古文。良止切【《說文解字》卷六上，木部】

按：小篆「李」與古文「杍」，均从木、子聲，只是兩者部件擺放的位置不同。兩者均為形聲字，義音合成。此組為異寫字。

182. 杶 chūn：杶（小篆）──櫄（古文）

木也。从木，屯聲。《夏書》曰：「杶幹栝柏。」（敕倫切）櫄，或从薰。杶，古文杶。【《說文解字》卷六上，木部】

〔註56〕馬如森：《殷墟甲骨文實用字典》，上海：上海大學出版社，2008年，第136頁。
〔註57〕周法高：《金文詁林》，香港：香港中文大學出版社，1975年，第3651頁。

按：小篆「㮌」與古文「㮸」，均从木、屯聲。古文中「㞷」為屯之側書。兩者均為形聲字，義音合成。此組為異寫字。

183. 某 mǒu：㮌（小篆）——㮸（古文）

酸果也。从木，从甘。闕。（莫厚切）㮸，古文某。从口。【《說文解字》卷六上，木部】

按：小篆「㮌」與古文「㮸」，字形均像未成熟碩果之形，象形字，古文僅為小篆字形之重寫。兩者均為全功能零合成。此組為異寫字。

184. 本 běn：㮏（小篆）——㮣（古文）

木下曰本。从木，一在其下。（徐鍇曰：一，記其處也。本、末、朱皆同義。布忖切）㮣，古文。【《說文解字》卷六上，木部】

按：小篆「㮏」从木，一在其下，指根部。古文「㮣」从木，「㕠」在其下，指根部。兩者均為指事字，標形合成，此組為異寫字。

185. 築 zhù：㮌（小篆）——㯂（古文）

搗也。从木，筑聲。（陟玉切）㯂，古文。【《說文解字》卷六上，木部】

按：小篆「㮌」，从木、筑聲；古文「㯂」，从土、篧聲，篧讀若篤。兩者均為形聲字，義音合成。此組為異構字。

186. 盤 pán：㮌（小篆）——鎜（古文）

承盤也。从木，般聲。（薄官切）鎜，古文。从金。盤，籀文。从皿。【《說文解字》卷六上，木部】

王國維：盤，盤。古金文多以般為聲。惟般仲盤與齊大僕歸父盤盤字與籀文同。《史籀篇疏證》

丁佛言：盤，沈兒鐘。盤，茲女盤。《古籀補補》

馬敘倫：李杲曰：「虢季子白盤作盤。按許書殳、攴之古文皆作㇗，此及鎜當本作㇗。今作殳者，後人妄改。作㝡者後人增也。」倫按籀文下挩盤字，从皿校者加之。唐寫本木部殘卷作盤。魏石經古文作鎜。篆文作盤。金文盤字多从皿。沈兒鐘作盤。中子化盤作盤。蓋急就本作盤，傳寫以通用字易之。

〔註58〕

〔註58〕 李圃：《古文字詁林》，第五冊，上海：上海教育出版社，2000年，第907頁。

按：小篆「𣏌」，从木、般聲；古文「𨮿」，从金、般聲。兩者均為形聲字，義音合成。此組為異構字。

187. 梁 liáng：𣹍（小篆）——𣹍（古文）

水橋也。从木，从水，刅聲。（呂張切）𣹍，古文。【《說文解字》卷六上，木部】

按：小篆「𣹍」，从木、从水，刅聲，形聲字，義音合成。古文「𣹍」，从水、从二木，从一。會意字，會義合成。此組為異構字。

188. 櫱 è：𣠗（小篆）——𣎵、𣡌（古文）

伐木餘也。从木，獻聲。《商書》曰：若顛木之有由櫱。（五葛切）𣠗，櫱或从木。𣎵，古文櫱。𣡌，亦古文櫱。【《說文解字》卷六上，木部】

按：小篆「𣠗」，从木、獻聲；古文「𣡌」，从木，卒聲。兩者均為形聲字，義音合成。古文「𣎵」為無頭木，象形字，全功能零合成。此組為異構字。

189. 柩 gèn：𣏞（小篆）——𢀠（古文）

竟也。从木，恆聲。（古鄧切）𢀠，古文柩。【《說文解字》卷六上，木部】

按：小篆「𣏞」，从木、恆聲，形聲字，義音合成；古文「𢀠」，由二、由舟會意，會意字，會義合成。此組為異構字。

190. 柙 yá xiá：𣏢（小篆）——𥥈（古文）

檻也。以藏虎兕。从木，甲聲。（烏匣切）𥥈，古文柙。【《說文解字》卷六上，木部】

按：小篆「𣏢」，从木、甲聲，形聲字，義音合成；古文「𥥈」，為象形字，全功能零合成。此組為異構字。

191. 麓 lù：𪋎（小篆）——𪋎（古文）

守山林吏也。从林，鹿聲。一曰：林屬，於山為麓。《春秋傳》曰：「沙麓崩。」（盧谷切）𪋎，古文。从錄。【《說文解字》卷六上，林部】

馬如森：从林、从鹿，或从錄。葉玉森釋卜辭「錄及彔省。」錄、鹿古音屋部疊韻，卜辭借錄為鹿，鹿標聲。〔註59〕

按：小篆「𪋎」，从林、鹿聲；古文「𪋎」，从林、錄聲。兩者均為形聲字，

〔註59〕馬如森：《殷墟甲骨文實用字典》，上海：上海大學出版社，2008年，第147頁。

義音合成。此組為異構字。

192. 師 shī：�（小篆）——華（古文）

二千五百人為師。從帀，從𠂤。𠂤，四帀，眾意也。(疎夷切)華，古文師。【《說文解字》卷六下，帀部】

按：小篆「𢓘」，由𠂤、由帀會意。古文「華」，應為「𢓘」之訛形。兩者均為會意字，會義合成。此組為異寫字。

193. 南 nán：𣎴（小篆）——羊（古文）

艸木至南方，有枝任也。從宋，𢆶聲。(那含切)羊，古文【《說文解字》卷六下，宋部】

按：方向之「南」為表倒置之瓦器「南」的假借。郭沫若釋為鐘鎛之類的樂器。小篆「𣎴」與古文「羊」均為象形字，全功能零合成。此組為異寫字。

194. � chuí：𣎵（小篆）——𣎵（古文）

艸木華葉�垂。象形。凡�之屬皆從� (是為切)𣎵，古文【《說文解字》卷六下，�部】

按：小篆「𣎵」，字形象草木的花和葉下垂之形，象形字，全功能零合成。古文「𣎵」，由毛、由多會意。朱駿聲《說文通訓定聲》：「古文（𣎵），從毛。」古文「𣎵」為會意字，會義合成。此組為異構字。

195. 回 huí：回（小篆）——回（古文）

轉也。從口，中象回轉形。(戶恢切)回，古文。【《說文解字》卷六下，口部】

按：小篆「回」與古文「回」字形均像物體的迴旋之形，象形字，全功能零合成。此組為異寫字。

196. 困 kùn：困（小篆）——朱（古文）

故廬也。從木在口中。(苦悶切)朱，古文困。【《說文解字》卷六下，口部】

李孝定：今按困者，捆之古文也。木部捆門橜也。從木困聲。〔註60〕

按：小篆「困」，從木在口中；古文「朱」，從止、從木。兩者均為會意字，會義合成。此組為異構字。

〔註60〕李孝定：《甲骨文字集釋》，中央研究院歷史語言研究所，1970年，第2121頁。

197. 賓 bīn：**賓**（小篆）──**賓**（古文）

所敬也。从貝，㝔聲。（必鄰切）**賓**，古文。【《說文解字》卷六下，貝部】

王國維：甲骨文**介**，上从屋，下从人，从止象人，至屋下，其義為賓。各客二字从夊，意皆如此。〔註61〕

按：小篆「**賓**」，从貝、㝔聲，形聲字，義音合成；古文「**賓**」，从**宀**、从貝，**宀**兼表音。**宀**為**宀**形之訛，**介**該為賓之古字。會意兼形聲字，綜合合成。此組為異構字。

198. 貧 pín：**貧**（小篆）──**穷**（古文）

財分少也。从貝，从分，分亦聲。（符巾切）**穷**古文。从宀、分。【《說文解字》卷六下，貝部】

按：小篆「**貧**」，从貝、从分，分亦聲；古文「**穷**」，从宀、从分，分亦聲。兩者均為會意兼形聲字，綜合合成。此組為異構字。

199. 邦 bāng：**邦**（小篆）──**㞣**（古文）

國也。从邑，豐聲。（博江切）**㞣**，古文。【《說文解字》卷六下，邑部】

王國維：案古封、邦一字……卜辭……字从豐、从田，即邦字，邦土即邦社。〔註62〕

按：小篆「**邦**」，从邑、豐聲；古文「**㞣**」，从田、豐省聲。兩者均為形聲字，義音合成。此組為異構字。

200. 郂 qí：**郂**（小篆）──**㟢**（古文）

周文王所封。在右扶風美陽中水鄉。从邑，支聲。（巨之切）岐或从山，支聲。因岐山以名之也。**㟢**，古文郂。【《說文解字》卷六下，邑部】

按：小篆「**郂**」，从邑、支聲；古文「**㟢**」，从山、枝聲。兩者均為形聲字，義音合成。此組為異構字。

201. 扈 hù：**扈**（小篆）──**岾**（古文）

夏后同姓所封，戰於甘者。在鄠，有扈谷、甘亭。从邑，戶聲。（胡古切）**岾**，古文扈。从山、弓。【《說文解字》卷六下，邑部】

〔註61〕王國維：《觀堂集林》，卷一，北京：中華書局，1959 年，第 13 頁。
〔註62〕王國維：《王國維遺書》，第六冊，上海：上海書店出版社，2011 年，第 34～35 頁。

按：小篆「戾」，从邑、戶聲；古文「岏」，从山、戶聲，「弓」應為「戶」之訛變。兩者均為形聲字，義音合成。此組為異構字。

202. 日 rì：日（小篆）──日（古文）

實也。太陽之精不虧。从口、一。象形。凡日之屬皆从日。（人質切）日，古文。象形。《玉篇》古文日。【《說文解字》卷七上，日部】

按：小篆「日」與古文「日」字形均像太陽之形，象形字，全功能零合成。此組為異寫字。

203. 時 shí：時（小篆）──峕（古文）

四時也。从日，寺聲。（市之切）峕，古文時。从之、日。【《說文解字》卷七上，日部】

按：小篆「時」，从日、寺聲；古文「峕」，从日、之聲。兩者均為形聲字，義音合成。此組為異構字。

204. 暴 bào pù：暴（小篆）──麃（古文）

晞也。从日，从出，从収，从米。麃，古文暴。从日，麃聲。（薄報切）【《說文解字》卷七上，日部】

按：小篆「暴」，由日、由出、由収、由米會意，會意字，會義合成。古文「麃」，从日、麃聲，形聲字，義音合成。此組為異構字。

205. 㫃 yǎn：㫃（小篆）──㫃（古文）

旌旗之游，㫃蹇之皃。从中，曲而下；垂㫃，相出入也。讀若偃。古人名㫃，字子游。凡㫃之屬皆从㫃。（於幰切）㫃，古文㫃字。象形。字象旌旗之遊。【《說文解字》卷七上，㫃部】

馬如森：甲骨文 ，象形字，字象旗杆上端有首飾和旗旒之形。本義是旗幟。〔註63〕

按：「㫃」甲骨文作 、 （《甲骨文編》二八九頁），均是獨體象形字。小篆與古文字形中「方」為「屮」形之訛，為旗杆之形。「ㄇ」為杆上游之訛。兩者皆為象形字，全功能零合成。此組為異寫字。

206. 游 yóu：游（小篆）──遊（古文）

─────────────────

〔註63〕馬如森：《殷墟甲骨文實用字典》，上海：上海大學出版社，2008 年，第 161 頁。

旌旗之流也。从㫃，汓聲。（以周切）🔣，古文遊。【《說文解字》卷七上，㫃部】

按：小篆「🔣」，从水、斿聲；古文「🔣」，从辵、斿省聲。兩者均為形聲字，義音合成。此組為異構字。

207. 旅 lǚ：🔣（小篆）——🔣（古文）

軍之五百人為旅。从㫃，从从。从，俱也。（力舉切）🔣，古文旅。古文以為魯衛之「魯」。【《說文解字》卷七上，㫃部】

馬如森：甲骨文🔣，从眾人，其旁象旗幟形，字象眾人集於軍旗之下，以示軍隊遠征。本義是軍旅。〔註64〕

按：小篆「🔣」，由㫃、由从會意，「从」表示在一起之意。古文「🔣」應為从止从从會意。兩者均為會意字，會義合成。此組為異構字。

208. 曐 xīng：🔣（小篆）——🔣（古文）

萬物之精，上為列星。从晶，生聲。一曰象形。从口，古口復注中，故與日同。（桑經切）🔣，古文星。🔣，曐或省。【《說文解字》卷七上，晶部】

馬如森：甲骨文🔣、🔣，从二口，或从五口，口非口，象星形，从生，生標聲。字象星形。本義是星。同晶義。〔註65〕

按：小篆「🔣」，从晶、生聲；古文「🔣」，从品、生聲。「晶」和「品」字形均像眾星之形。兩者均為形聲字，形音合成。此組為異寫字。

209. 霸 bà：🔣（小篆）——🔣（古文）

月始生，霸然也。承大月，二日；承小月，三日。从月，𩁹聲。《周書》曰：「哉生霸。」（普伯切。臣鉉等曰：今俗作必駕切。以為霸王字。）🔣，古文霸。【《說文解字》卷七上，月部】

按：小篆「🔣」，从月、𩁹聲；古文「🔣」，从月、𩁹省聲。兩者均為形聲字，義音合成。此組為異寫字。

210. 期 qī：🔣（小篆）——🔣（古文）

會也。从月，其聲。（渠之切）🔣，古文期。从日、丌。【《說文解字》卷七上，月部】

〔註64〕馬如森：《殷墟甲骨文實用字典》，上海：上海大學出版社，2008 年，第 162 頁。
〔註65〕馬如森：《殷墟甲骨文實用字典》，上海：上海大學出版社，2008 年，第 164 頁。

按：小篆「𣍲」，從月、其聲；古文「𣆪」，從日、丌聲。兩者均為形聲字，義音合成。此組為異構字。

211. 朙 míng：𣇳（小篆）——𣇴（古文）

照也。從月，從囧。凡朙之屬皆從朙。（武兵切）𣇴，古文朙從日。【《說文解字》卷七上，朙部】

按：小篆「𣇳」，由囧、由月會意；古文「𣇴」，由日、由月會意。兩者均為會意字，會義合成。此組為異構字。

212. 盟 méng：𥂗（小篆）——𥂖（古文）

《周禮》曰：「國有疑則盟。」諸侯再相與會，十二歲一盟。北面詔天之司慎司命。盟，殺牲歃血，朱盤子玉敦，以立牛耳。從囧，從血。（武兵切）𥂖，古文盟。從明。【《說文解字》卷七上，囧部】

按：小篆「𥂗」，由囧、由皿會意；古文「𥂖」，由明、由皿會意。兩者均為會意字，會義合成。此組為異構字。

213. 外 wài：外（小篆）——𡖊（古文）

遠也。卜尚平旦，今夕卜，於事外矣。（五會切）𡖊，古文外。【《說文解字》卷七上，夕部】

《甲骨文編》：不從夕，外丙外字作此形，見合文三。〔註66〕

張玉春：在具體的語言條件制約下，「卜」只能讀作內外之外，證明了在甲骨文中，內外之外只以「卜」作，並不從夕。〔註67〕

按：小篆「外」和古文「𡖊」，均應由夕、由卜會意。「卜」應為「卜」之訛變。兩者均為會意字，會義合成。此組為異寫字。

214. 夙 sù：𡖊（小篆）——佃、佃（古文）

早敬也。從丮，持事；雖夕不休，早敬者也。（臣鉉等曰：今俗書作夙，偽。息逐切）佃，古文夙。從人、囟。佃，亦古文夙。從人、西。宿從此。【《說文解字》卷七上，夕部】

按：小篆「𡖊」，由夕、由丮會意；古文「佃」，從人、囟聲；古文「佃」，從人、西聲。「囟」即古文「西」字。兩古文均為形聲字，義音合成。此組為

〔註66〕中國社會科學院考古研究所：《甲骨文編》，北京：中華書局，1965 年，第 298 頁。
〔註67〕張玉春：《說「外」》，《東北師範大學學報》（哲社版），1984 年第 5 期。

異構字。

215. 多 duō：弓（小篆）——竹（古文）

重也。从重夕。夕者，相繹也，故為多。重夕為多，重日為疊。凡多之屬皆從多。（得何切）竹，古文多。【《說文解字》卷七上，多部】

王國維：多从二肉會意。〔註68〕

按：小篆「弓」和古文「竹」，字形均由重肉會意，兩者皆為會意字，會義合成。此組為異寫字。

216. 㮚 lì：栗（小篆）——㮚（古文）

木也。从木，其實下垂，故从卤。（力質切）㮚，古文㮚。从西，从二卤。徐巡說：木至西方戰㮚。【《說文解字》卷七上，卤部】

馬如森：甲骨文㮚，从象果實、从木。字象樹上結果實外有毛束形。本義是果實。〔註69〕

按：小篆「栗」，字形象樹上結果實。象形字，全功能零合成。古文「㮚」，字形也像樹上結有果實。「卣」為「西」表鳥歸巢之義，和樹相關。會意字，會義合成。此組為異構字。

217. 克 kè：亭（小篆）——㱿、㒸（古文）

肩也。象屋下刻木之形。凡克之屬皆從克。（徐鍇曰：肩，任也。負何之名也。與人肩膊之義通，能勝此物謂之克。苦得切）㱿，古文克。㒸，亦古文克。【《說文解字》卷七上，克部】

《甲骨文編》：从人戴胄持戈。〔註70〕

商承祚：象人戴胄持兵，……知凵為胄形……〔註71〕

按：「克」甲骨文作㦰、㦱（《甲骨文編》三〇六頁），字形均像人下蹲以承物的樣子。兩者均為會意字，會義合成。此組為異寫字。古文「㒸」不可解。

218. 稷 jì：稷（小篆）——稯（古文）

齋也。五穀之長。从禾，畟聲。（子力切）稯，古文稷省。【《說文解字》卷七上，禾部】

〔註68〕李孝定：《甲骨文字集釋》，中央研究院歷史語言研究所，1970 年，第 2287 頁。
〔註69〕馬如森：《殷墟甲骨文實用字典》，上海：上海大學出版社，2008 年，第 167 頁。
〔註70〕中國社會科學院考古研究所：《甲骨文編》，北京：中華書局，1965 年，第 207 頁。
〔註71〕周法高：《金文詁林》，香港：香港中文大學出版社，1975 年，第 4462 頁。

按：小篆「䄺」，从禾、旻聲；古文「秜」，从禾、旻省聲。兩者均為形聲字，義音合成。此組為異寫字。

219. 粒 lì：粒（小篆）——䊮（古文）

糂也。从米，立聲。（力入切）䊮，古文粒。【《說文解字》卷七上，米部】

按：小篆「粒」，从米、立聲；古文「䊮」，从食、立聲。兩者均為形聲字，義音合成。此組為異構字。

220. 糂 sǎn：糂（小篆）——糁（古文）

以米和羹也。一曰：粒也。从米，甚聲。（桑感切）糣，籀文糂。从朁。糁，古文糂。从參。【《說文解字》卷七上，米部】

按：小篆「糂」，从米、甚聲；古文「糁」，从米、參聲。兩者均為形聲字，義音合成。此組為異構字。

221. 家 jiā：家（小篆）——㝐（古文）

居也。从宀，豭省聲。（古牙切）㝐，古文家。【《說文解字》卷七下，宀部】

馬如森：甲骨文㝂，从宀，从豕。古豬舍與房屋相似，字象豬居於圈中之形。借用人所居之處為家室。〔註72〕

按：「家」甲骨文作㝂、㝂、㝂。小篆「家」，从宀、从豕。古文「㝐」，从一、从㣇。「㣇」為「豕」之訛形。兩者均為會意字，會義合成。此組為異寫字。

222. 宅 zhái：宅（小篆）——㡆、庀（古文）

所託也。从宀，乇聲。（場伯切）㡆，古文宅。庀，亦古文宅。【《說文解字》卷七下，宀部】

按：小篆「宅」，从宀、乇聲；古文「㡆」，从一、从土，乇聲；古文「庀」，从廣、乇聲。三者均為形聲字，義音合成。此組為異構字。

223. 容 róng：容（小篆）——㝐（古文）

盛也。从宀、谷。（臣鉉等曰：屋與谷皆所以盛受也。余封切）㝐，古文容。从公。【《說文解字》卷七下，宀部】

按：小篆「容」，由宀、由谷會意，表示室中放有穀物，會意字，會義合成。古文「㝐」，从宀、公聲，形聲字，義音合成。此組為異構字。

〔註72〕馬如森：《殷墟甲骨文實用字典》，上海：上海大學出版社，2008 年，第 174 頁。

224. 寶 bǎo：圖（小篆）——圖（古文）

珍也。从宀，从玉，从貝，缶聲。（博皓切）圖，古文寶。省貝。【《說文解字》卷七下，宀部】

羅振玉：貝與玉在宀內，寶之誼已明，古金文及篆文增缶此省。〔註73〕

孫常敘：寶，象在室內貯藏玉貝等貴重品。〔註74〕

按：小篆「圖」，由宀、由玉、由貝會意，缶聲；古文「圖」，由宀、由玉會意，缶聲。徐灝《段注箋》：「缶，古重唇音，與寶近，古文用為聲。」兩者均為形聲字，綜合合成。此組為異構字。

225. 宜 yí：圖（小篆）——圖、圖（古文）

所安也。从宀之下，一之上，多省聲。（魚羈切）圖，古文宜。圖，亦古文宜。【《說文解字》卷七下，宀部】

按：小篆「圖」，由宀、由一會意，多省聲。「多」與「宜」上古同屬歌部。兩古文皆由宀、由一會意，多聲。三者均為形聲字，綜合合成。此組為異構字。

226. 宄 guǐ：圖（小篆）——圖、圖（古文）

奸也。外為盜，內為宄。从宀，九聲，讀若軌。（居洧切）圖，古文宄。圖，亦古文宄。【《說文解字》卷七下，宀部】

按：小篆「圖」，从宀、九聲；古文「圖」，从又、九聲。兩者均為形聲字，義音合成。古文「圖」，从宀、从心、九聲。形聲字，綜合合成。此組為異構字。

227. 疾 jí：圖（小篆）——圖（古文）

病也。从疒，矢聲。（秦悉切）圖，古文疾。圖，籒文疾。【《說文解字》卷七下，疒部】

王國維：按圖从暫省，从廿。廿，古文疾。童下云：廿，古文以為疾。竊下云：廿，古文疾。《史籒篇疏證》

《甲骨文編》：圖……受兵傷之疾作疾，象人腋下箸矢之形。非從矢得聲。〔註75〕

〔註73〕羅振玉：《增訂殷墟書契考釋》，東方學會印，丁卯二月，第41頁。
〔註74〕孫常敘：《孫常敘古文字學論集》，長春：東北師範大學出版社，1998年，第473頁。
〔註75〕中國社會科學院考古研究所：《甲骨文編》，北京：中華書局，1965年，第330頁。

馬敘倫：🔳倫按籀文當作古文。四篇暫之古文作🔳。王筠謂此與暫之古文或本係一字，是也。古文經傳中暫字如此作。又藉以為疾耳。四篇作🔳者，傳寫之訛。此籀字又與上古文疾之古字互訛也。〔註76〕

按：小篆「🔳」和古文「🔳」，均應从疒、矢聲。兩者字形稍有訛變。兩者皆為形聲字，義音合成。此組為異寫字。

228. 冒 mào：🔳（小篆）──🔳（古文）

冢而前也。从冃，从目。（莫報切）🔳，古文冒。【《說文解字》卷七下，冃部】

按：小篆「🔳」，由冃、由目會意，冃也表音；古文「🔳」，由囧、由🔳會意。🔳與冃字形有訛變。兩者均為會意兼形聲字，綜合合成。此組為異構字。

229. 網 gāng：🔳（小篆）──🔳（古文）

庖犧所結繩以漁。从門，下象網交文。凡網之屬皆从網。🔳，網或从亡。🔳，網或从糸。🔳，古文網。🔳，籀文網。【《說文解字》卷七下，網部】

按：小篆「🔳」，字形象網之形，象形字，全功能零合成。古文「🔳」从門、亡聲，形聲字，義音合成。此組為異構字。

230. 帷 wéi：🔳（小篆）──🔳（古文）

在旁曰帷。从巾，隹聲。（洧悲切）🔳，古文帷。【《說文解字》卷七下，巾部】

按：小篆「🔳」，从巾、隹聲；古文「🔳」，从匚、韋聲。兩者均為形聲字，義音合成。此組為異構字。

231. 席 xí：🔳（小篆）──🔳（古文）

籍也。《禮》：天子諸侯席有黼繡純飾。从巾，庶省。（臣鉉等曰：席以待賓客之禮，賓客非一人，故从庶。）🔳，古文席。从石省。【《說文解字》卷七下，巾部】

按：小篆「🔳」，从巾、庶省聲；古文「🔳」，🔳象形、石省聲。兩者均為形聲字，小篆為義音合成，古文為形音合成。此組為異構字。

232. 白 bái：🔳（小篆）──🔳（古文）

〔註76〕李圃：《古文字詁林》，第七冊，上海：上海教育出版社，2000年，第15頁。

西方色也。陰用事，物色白。从入合二。二，陰數。凡白之屬皆从白。（旁陌切），古文白。【《說文解字》卷七下，白部】

按：小篆「白」和古文「」，字形均像太陽已出地面，天色已白。會意字，標形合成。商承祚《說文中之古文考》：「从日銳頂，象日始出地面，光閃耀如尖銳。天色已白，故曰白也。」此組為異寫字。

233. 保 bǎo：（小篆）——、（古文）

養也。从人，从采省。采，古文孚。（博袤切），古文保。，古文保。不省。【《說文解字》卷八上，人部】

馬如森：，从人，从子，象事字，字象一人背小子之形。本義是背小孩。〔註77〕

唐蘭：抱者懷於前，保者負於背。〔註78〕

按：小篆「」，由人、由子會意；古文「」，由人、由爪、由子會意。兩者均為會意字，會義合成。古文「」為「」之省形，象形字，全功能零合成。此組為異構字。

234. 仁 rén：（小篆）——、（古文）

親也。从人，从二。（臣鉉等曰：仁者兼愛，故从二。如鄰切），古文仁。从千、心。，古文仁。或从尸。【《說文解字》卷八上，人部】

按：小篆「」，由人、由二會意；古文「」，由千、由心會意；古文「」，由尸、由二會意。三者均為會意字，會義合成。此組為異構字。

235. 企 qǐ：（小篆）——（古文）

舉踵也。从人，止聲。（去智切），古文企。从足。【《說文解字》卷八上，人部】

李孝定：古文字每於以見義部分特加強調。如見之从目，文之从耳，企之从足皆是也。〔註79〕

按：小篆「」，从人、从止，止亦聲，會意兼形聲字，綜合合成。古文

〔註77〕馬如森：《殷墟甲骨文實用字典》，上海：上海大學出版社，2008年，第185頁。

〔註78〕唐蘭：《殷墟文字記》北京：中華書局，1981年，第58頁。

〔註79〕李孝定：《甲骨文字集釋》，第八卷，中央研究院歷史語言研究所，1970年，第2615頁。

「**兒**」，由人、由足會意，會意字，會義合成。此組為異構字。

236. 伊 yī：**伊**（小篆）——**肵**（古文）

殷聖人阿衡，尹治天下者。从人，从尹。（於脂切）**肵**，古文伊。从古文死。
【《說文解字》卷八上，人部】

馬如森：从人、从尹，字象人手持杖，以示有權勢之人。本義是有權勢的
人。〔註80〕

按：小篆「**伊**」，从人、尹聲；古文「**肵**」，从人、死聲。兩者均為形聲字，
義音合成。此組為異構字。

237. 份 fèn：**份**（小篆）——**彬**（古文）

文質備也。从人，分聲。《論語》曰：「文質份份。」（府巾切）彬，古文份。
从彡、林；林者，从焚省聲。（臣鉉等曰：今俗作斌，非是。）【《說文解字》
卷八上，人部】

按：小篆「**份**」，从人、分聲，形聲字，義音合成；古文「**彬**」，从彡，焚
省聲。形聲字，義音合成。此組為異構字。

238. 備 bèi：**備**（小篆）——**俻**（古文）

慎也。从人，葡聲。**俻**，古文備。【《說文解字》卷八上，人部】

按：小篆「**備**」，从人、葡聲，形聲字，義音合成；古文「**俻**」，由人、由
父、由女會意。桂馥《段注鈔案》：「父者，行之甚也；女者，人之甚也。」會
意字，會義合成。此組為異構字。

239. 侮 wǔ：**侮**（小篆）——**㑄**（古文）

傷也。从人，每聲。（文甫切）**㑄**，古文从母。【《說文解字》卷八上，人部】

按：小篆「**侮**」，从人、每聲；古文「**㑄**」，从人、母聲。兩者均為形聲字，
義音合成。此組為異構字。

240. 真 zhēn：**眞**（小篆）——**𡕥**（古文）

仙人變形而登天也。从匕，从目，从L。八，所乘載也。（側鄰切）**𡕥**，古
文真。【《說文解字》卷八上，匕部】

按：小篆與古文字形均不可解。

〔註80〕馬如森：《殷墟甲骨文實用字典》，上海：上海大學出版社，2008年，第187頁。

241. 卓 zhuō：𣊭（小篆）——𣊭（古文）

高也。早匕為卓，匕卪為卬，皆同義。（竹角切）𣊭，古文卓。【《說文解字》卷八上，匕部】

按：卓字的金文字形「𣊭」像一個人站在較高的物體上，表示「高」義。卓的小篆字形「𣊭」和古文字形「𣊭」均如此。小篆與古文字形均為會意字，會義合成。此組為異寫字。

242. 比 bǐ：𠤎（小篆）——𨤞（古文）

密也。二人為从，反从為比。凡比之屬皆从比。（毗至切）𨤞，古文比。【《說文解字》卷八上，比部】

按：小篆「𠤎」，从二匕，「匕」側立的人；古文「𨤞」，从二大，「大」正立的人。兩者均為會意字，會義合成。此組為異構字。

243. 丘 qiū：𠀉（小篆）——坙（古文）

土之高也，非人所為也。从北，从一。一，地也，人居在丘南，故从北。中邦之居，在崐崙東南。一曰：四方高中央下為丘。象形。凡丘之屬皆从丘。（去鳩切。今隸變作丘。）坙，古文。从土。【《說文解字》卷八上，比部】

按：小篆「𠀉」，字形象土丘高起，象形字，全功能零合成。古文「坙」，从土，丘聲。形聲字，義音合成。此組為異構字。

244. 𪊣 jì：𪊣（小篆）——𥾈（古文）

眾詞；與也。从似，自聲。《虞書》曰：𪊣咎繇。（其冀切）𥾈，古文𪊣。【《說文解字》卷八上，似部】

按：小篆「𪊣」，从似、自聲，形聲字，義音合成。古文「𥾈」不可解。

245. 徵 zhēng：徵（小篆）——𢾣（古文）

召也。从微省，壬為徵。行於微而文達者即徵之。（陟陵切）𢾣，古文徵。【《說文解字》卷八上，壬部】

按：小篆「徵」，由壬、由微省會意；古文「𢾣」，由各、由攴省會意。兩者均為會意字，會義合成。此組為異構字。

246. 望 wàng：望（小篆）——�望（古文）

月滿與日相望，以朝君也。从月，从臣，从壬。壬，朝廷也。（無放切）

塱，古文望省。【《說文解字》卷八上，壬部】

馬如森：甲骨文𦣻，从目、从人、从一，字象人登高舉目張望之形。本義是張望[註81]

按：小篆「望」，从月、从朢，朢亦聲，會意兼形聲，綜合合成。古文「塱」，像人站在地上，眼睛豎起，極目遠望之形，會意字，會義合成。此組為異構字。

247. 量 liáng：量（小篆）──量（古文）

稱輕重也。从重省，向省聲。（呂張切）量，古文量。【《說文解字》卷八上，重部】

按：小篆「量」，由日、由重會意。于省吾《甲骨文字釋林》：「（量）从日、从重，係會意字。」「量所以量度物之多少輕重。」「其从日，係露天量度之義。」古文「量」也為會意字。兩者均為會意字，會義合成。此組為異構字。

248. 監 jiān：監（小篆）──監（古文）

臨下也。从臥，衉省聲。（古銜切）監，古文監。从言。【《說文解字》卷八上，臥部】

按：小篆「監」，由臥（像一人俯視形）、由皿會意，會意字，會義合成。古文「監」，从臥、言聲，形聲字，義音合成。此組為異構字。

249. 裘 biǎo：裘（小篆）──裘（古文）

上衣也。从衣，从毛。古者衣裘，以毛為表。（陂矯切）裘，古文表。从麃。

【《說文解字》卷八上，衣部】

按：小篆「裘」，由衣、由毛會意，會意字，會義合成。古文「裘」，从衣、麃聲，形聲字，義音合成。此組為異構字。

250. 裔 yì：裔（小篆）──裔（古文）

衣裾也。从衣，冏聲。（臣鉉等曰：冏非聲，疑象衣裾之形。余制切）裔，古文裔。【《說文解字》卷八上，衣部】

按：小篆「裔」，从衣、冏聲；古文「裔」，从衣、几聲。兩者均為形聲字，

〔註81〕馬如森：《殷墟甲骨文實用字典》，上海：上海大學出版社，2008 年，第 197 頁。

義音合成。此組為異構字。

251. 襄 xiāng：𧟰（小篆）——𡣿（古文）

漢令：解衣而耕謂之襄。从衣，㐭聲。（息良切）𡣿，古文襄。【《說文解字》卷八上，衣部】

按：小篆「𧟰」，从衣、㐭聲，形聲字，義音合成。古文「𡣿」不可解。

252. 衰 suō：𰀗（小篆）——𰁥（古文）

艸雨衣。秦謂之萆。从衣，象形。（穌禾切）𰁥，古文衰。【《說文解字》卷八上，衣部】

按：小篆「𰀗」，从衣，�像蓑衣之形，會意字，會義合成。古文「𰁥」，上面𠆢像笠，中像人面，�像蓑衣。象形字，全功能零合成。此組為異構字。

253. 裘 qiú：𧚃（小篆）——𰁹（古文）

皮衣也。从衣，求聲。一曰象形，與衰同意。凡裘之屬皆从裘。（巨鳩切）𰁹，古文。省衣。【《說文解字》卷八上，裘部】

馬如森：甲骨文𰁺，獨體象物字，象皮衣毛朝外，為皮裘。後加求標聲。本義是皮裘。〔註82〕

按：小篆「𧚃」，从衣，求聲，形聲字，義音合成。古文「𰁹」，字形象裘衣之形，象形字，全功能零合成。此組為異構字。

254. 屋 wū：𡰱（小篆）——𡰥（古文）

居也。从尸。尸，所主也。一曰尸，象屋形。从至。至，所至止。室、屋皆从至。（烏谷切）𡰳，籀文屋。从厂。𡰥，古文屋。【《說文解字》卷八上，尸部】

馬敘倫：𡰳，席世昌曰：據注，應作屋，既云从厂，則又不當又从尸矣。倫按从厂二字後人加之，字从尸㞟聲。然疑為屋之異文，如居作𠙹，古鉨之居作𠙺。因訛為屋耳。〔註83〕

按：小篆「𡰱」，由尸、由至會意，尸像房子，表示到了該休止的地方。古文「𡰥」，由至、由𡴀會意。𡴀像房子。兩者均為會意字，會義合成。此組為異構字。

〔註82〕馬如森：《殷墟甲骨文實用字典》，上海：上海大學出版社，2008年，第198頁。
〔註83〕李圃：《古文字詁林》，第七冊，上海：上海教育出版社，2000年，第684頁。

255. 履 lǔ：履（小篆）——題（古文）

足所依也。从尸，从彳，从夂，舟象履形。一曰：尸聲。凡履之屬皆从履。（良止切）題，古文履。从頁，从足。【《說文解字》卷八下，履部】

按：小篆「履」，由尸、由彳、由夂會意，舟像鞋形。古文「題」，由足、由頁會意，月像鞋形。兩者均為會意字，會義合成。此組為異構字。

256. 般 bān pán：般（小篆）——㪔（古文）

辟也。象舟之旋，从舟；从殳，殳，所以旋也。（北潘切）㪔，古文般。从支。【《說文解字》卷八下，舟部】

李孝定：从舟遂有「象舟之旋」之義，且契文即有从舟作者，知道凡从舟二字混用，殷世已然也。〔註84〕

按：小篆「般」，由舟、由殳會意；古文「㪔」，由舟、由支會意。彐、彐都像手拿使船旋轉的工具。兩者均為會意字，會義合成。此組為異構字。

257. 服 fú：服（小篆）——肌（古文）

用也。一曰：車右騑，所以舟旋。从舟，反聲。（房六切）肌，古文服。从人。【《說文解字》卷八下，舟部】

林潔明：甲骨文㪔，从凡、反，反亦聲，蓋象人奉盤服事之象。〔註85〕

按：小篆「服」，从舟、反聲，形聲字，義音合成。古文「肌」，由舟、由人會意，會意字，會義合成。此組為異構字。

258. 視 shì：視（小篆）——眂、眎（古文）

瞻也。从見、示。（神至切）眂，古文視。眎，亦古文視。【《說文解字》卷八下，見部】

按：小篆「視」，从見、示聲；古文「眂」，从目、示聲；古文「眎」，从目、氐聲。三者均為形聲字，義音合成。此組為異構字。

259. 觀 guān：觀（小篆）——䍿（古文）

諦視也。从見，雚聲。（古玩切）䍿，古文觀。从囧。【《說文解字》卷八下，見部】

〔註84〕李孝定：《甲骨文字集釋》，中央研究院歷史語言研究所，1970 年，第 2772 頁。
〔註85〕周法高：《金文詁林》，香港：香港中文大學出版社，1975 年，第 5361 頁。

按：小篆「觀」，從見、雚聲；古文「𮤿」，從囧、雚聲；兩者均為形聲字，義音合成。此組為異構字。

260. 次 cì：𣢲（小篆）——𬤥（古文）

不前，不精也。從欠，二聲。（七四切）𬤥，古文次。【《說文解字》卷八下，欠部】

趙誠：𣢲、𣢲，均象口液外溢之形。〔註86〕

按：小篆「𣢲」，從二、從欠，會意字，會義合成。古文「𬤥」，陸宗達認為是「帳篷」形。兩者不構成對應關係。

261. 歙 yǐn：𮥹（小篆）——𮤿、𮤿（古文）

歠也。從欠，酓聲。凡歙之屬皆從歙。（於錦切）𮤿，古文歙。從今、水。𮤿，古文歙。從今、食。【《說文解字》卷八下，歙部】

王鳳陽：甲骨文𮤿，象人手捧酒罈狂飲之形。〔註87〕

按：小篆「𮥹」，從欠、酓聲；古文「𮤿」，從水、今聲；古文「𮤿」，從食、今聲。三者均為形聲字，義音合成。此組為異構字。

262. 旡 jì：𣡌（小篆）——𣡌（古文）

歙食氣屰不得息曰旡。從反欠。凡旡之屬皆從旡。（居未切。今變隸作旡）𣡌，古文旡。【《說文解字》卷八下，旡部】

按：小篆「𣡌」與古文「𣡌」均應從反欠。古文「𣡌」與「𣡌」字形之間稍有訛變。兩者均為象形字，全功能零合成。此組為異寫字。

263. 髮 fà：𩭝（小篆）——𩠪（古文）

根也。從髟，犮聲。（方伐切）𩭝，髮或從首。𩠪，古文。【《說文解字》卷九上，髟部】

按：小篆「𩭝」，從髟、犮聲，形聲字，義音合成；古文「𩠪」，由爻、由𩠪會意，會意字，會義合成。此組為異構字。

264. 色 sè：𢒉（小篆）——𢒉（古文）

顏氣也。從人，從卩。（所力切）凡色之屬皆從色。𢒉，古文。【《說文解字》卷九上，色部】

〔註86〕趙誠：《甲骨文簡明字典》，北京：中華書局，2009 年，第 249 頁。
〔註87〕王鳳陽：《漢字學》，長春：吉林文史出版社，1989 年，第 366 頁。

按：小篆「㠻」，由人、由卩會意；段玉裁《說文解字注》：「顏氣與心若合符卩，故其字从人卩。」古文「㸤」亦為會意字。兩者均為會意字，會義合成。此組為異構字。

265. 旬 xún：㫬（小篆）——㫖（古文）

徧也。十日為旬。从勹、日。（詳遵切）㫖，古文。【《說文解字》卷九上，勹部】

按：「旬」甲骨文作㲃、㲄（《甲骨文編》三七九頁）姚孝遂先生認為「（旬）由㲃（云）演變而來，今因㲃之聲，使㲃上部出頭，以示區別，用來表『旬』之詞。意符日旁後加。」小篆「㫬」，从日、云聲，外層筆劃為云之訛；古文「㫖」，从日、勻聲。兩者均為形聲字，義音合成。此組為異構字。

266. 苟 jí：㫬（小篆）——㫖（古文）

自急敕也。从羊省，从包省。从口，口猶慎言也。从羊，羊與義、善、美同意。凡苟之屬皆从苟。（己力切）㫖，古文。羊不省。【《說文解字》卷九上，苟部】

《甲骨文編》：甲骨文㲃，不从口，形與羌近，又疑苟从羌得聲。〔註88〕

朱芳圃：金文㲃，字从羌、从口會意。羌為牧羊人，口示吆喝，合之為牧人警敕羊群。〔註89〕

按：小篆「㫬」，由羊省、由包省、由口會意；古文「㫖」，由羊、由包省、由口會意。兩者均為會意字，會義合成。此組為異構字。

267. 鬼 guǐ：㺞（小篆）——㺞（古文）

人所歸為鬼。从人，象鬼頭。鬼陰氣賊害，从厶。凡鬼之屬皆从鬼。（居偉切）㺞，古文从示。【《說文解字》卷九上，鬼部】

按：小篆「㺞」，象形字，全功能零合成；古文「㺞」，从示、鬼聲，形聲字，義音合成。此組為異構字。

268. 魅 mèi：㺞（小篆）——㺞（古文）

老精物也。从鬼、彡。彡，鬼毛。（密秘切）㺞，或从未聲。㺞，古文。㺞，籀文。从彖首，从尾省聲。【《說文解字》卷九上，鬼部】

〔註88〕中國社會科學院考古研究所：《甲骨文編》，北京：中華書局，1965年，第381頁。
〔註89〕朱芳圃：《殷周文字釋叢》北京：中華書局，1962年，第68頁。

王國維：髟部鬃下並部逯下皆云，彔，籀文髟。髟下復云，段氏蓋象為古文。彔為籀文，是也。《史籀篇疏證》

商承祚：彔，古文下出籀文彔。以它文證之，此所謂古文乃籀文，籀文乃古文也。如鬃注，從髟彔聲。彔，籀文作魅。逯注，從立從彔。彔，籀文髟。段氏據之存彔篆改注籀文而刪彔字，謂髟當是古文，則彔為籀文，審矣。案甲骨文正作彔，可證段說，而刪彔則非。彔非彔之或作則為寫誤。《一切經音義》卷六：古文有髟、魅二形，魅恐又彔之訛矣。《古文考》

馬如森：甲骨文彔，從人、從田，或從毛。字象鬼頭有毛形。〔註90〕

葉玉森：疑許書之髟，從鬼、彡，彡鬼毛。〔註91〕

按：小篆「髟」，由鬼、由彡會意，彡像鬼毛，會意字，會義合成。古文「彔」，從彔省、從尾省聲，形聲字，義音合成。此組為異構字。

269. 畏 wèi：畏（小篆）──畏（古文）

惡也。從由，虎省。鬼頭而虎爪，可畏也。（於胃切）畏，古文省。【《說文解字》卷九上，由部】

羅振玉：此則從鬼，手持卜，鬼而持攴可畏孰甚。〔註92〕

按：小篆「畏」和古文「畏」，均從鬼省，卜當為攴省，指手杖之類。兩者均為會意字，會義合成。此組為異寫字。

270. 䜅 yǒu：䜅（小篆）──羑（古文）

相訹呼也。從厶，從羑。（與久切）誘，或從言、秀。詬或如此。羑，古文。（臣鉉等案：羊部有羑。羑，進善也。此古文重出。）【《說文解字》卷九上，厶部】

按：小篆「䜅」，由厶由羑會意，羑也表聲。會意兼形聲字，綜合合成。古文「羑」為「䜅」省厶，從羊，久聲。形聲字，義音合成。此組為異構字。

271. 嶽 yuè：嶽（小篆）──崋（古文）

東，岱；南，霍；西，華；北，恒；中，泰室。王者之所以巡狩所至。從山，獄聲。（五角切）崋，古文。象高形。【《說文解字》卷九下，山部】

〔註90〕馬如森：《殷墟甲骨文實用字典》，上海：上海大學出版社，2008 年，第 212 頁。

〔註91〕葉玉森：《鐵雲藏龜拾遺》，五鳳硯齋本，第 9 頁。

〔註92〕羅振玉：《增訂殷墟書契考釋》，東方學會印，丁卯二月，第 62 頁。

按：小篆「⿱」，從山、獄聲，形聲字，義音合成；古文「⿱」，像山高的樣子。象形字，全功能零合成。此組為異構字。

272. 嵭 bēng：⿰（小篆）——⿰（古文）

山壞也。從山、朋聲。（北勝切）⿰，古文。從𠂤。【《說文解字》卷九下，山部】

按：小篆「⿰」，從山、朋聲；古文「⿰」，從𠂤、朋聲。兩者均為形聲字，義音合成。此組為異構字。

273. 廄 jiù：⿸（小篆）——⿱（古文）

馬舍也。從廣，㱿聲。《周禮》曰：「馬有二百十四匹為廄，廄有僕夫。」（居又切）⿱，古文。從九。【《說文解字》卷九下，廣部】

按：小篆「⿸」，從廣、㱿聲；古文「⿱」，從𠨧、九聲。兩者均為形聲字，義音合成。此組為異構字。

274. 廟 miào：⿸（小篆）——⿸（古文）

尊先祖皃也。從廣，朝聲。（眉召切）⿸，古文。【《說文解字》卷九下，廣部】

按：小篆「⿸」，從廣、朝聲；古文「⿸」，從廣、苗聲。兩者均為形聲字，義音合成。此組為異構字。

275. 礦 kuàng：⿰（小篆）——⿰（古文）

銅鐵樸石也。從石，黃聲。讀若穬（古猛切）⿰，古文礦。【《說文解字》卷九下，石部】

按：小篆「⿰」，從石、黃聲，形聲字，義音合成。古文「⿰」，象形字，全功能零合成。此組為異構字。

276. 碣 jié：⿰（小篆）——⿰（古文）

特立之石。東海有碣石山。從石，曷聲。（渠列切）⿰，古文。【《說文解字》卷九下，石部】

按：小篆「⿰」，從石、曷聲；古文「⿰」應從阜、曷聲，⿳為曷之訛變。兩者均為形聲字，義音合成。此組為異構字。

277. 磬 qìng：⿱（小篆）——⿸（古文）

樂石也。从石、殸。象縣虡之形。殳，擊之也。古者母句氏作磬。（苦定切）殸，籀文省。硜，古文。从巠。【《說文解字》卷九下，石部】

王國維：器。案，殷虛卜辭磬作𡭽，與籀文略同。𡭽與殸同義。《史籀篇疏證》

馬敘倫：昔人不辨樂石與樂器為二事，故以从石作磬為後人所加也。此字遣殸作𣪊，實从殳𣥺聲，蓋為敏等字之同舌根音轉注字，猶鼓鐘之鼓當作豈。而鼓亦敏之轉注字也，亦非樂器字也。樂器之字當止作⌒。《考工記》所謂倨句一矩有半者也。⌒其訛也。後以⌒形疑於規矩之規本字作𢆉或作凵者，乃增火或屮以別之。亦猶豈本止作吂，以疑於口或甘而增為豈，則象豈之在虡矣。字當入殳部。〔註93〕

馬如森：甲骨文𣪊，从攴，象事字，字象手持錘擊磬之形。古樂器。本義是磬。〔註94〕

按：小篆「磬」，由石、由殸會意，會意字，會義合成。古文「硜」从石、巠聲，形聲字，義音合成。此組為異構字。

278. 長 cháng：長（小篆）——𠔏、𠃊（古文）

久遠也。从兀，从匕。兀者，高遠意也。久則變化。亾聲。丆者，倒亾也。凡長之屬皆从長。（臣鉉等曰：倒亡，不亡也。長久之義也。直良切）𠔏，古文長。𠃊，亦古文長。【《說文解字》卷九下，長部】

馬如森：象物字，字象人頭上有長髮之形。本義是長髮。〔註95〕

按：小篆「長」和古文「𠔏」、「𠃊」均像長髮長者。余永梁《殷墟文字考續考》：「長實像人髮長。引申為長久之義。」三者均為象形字，全功能零合成。此組為異寫字。

279. 豕 shǐ：豕（小篆）——�（古文）

彘也。竭其尾，故謂之豕。象毛足而後有尾。讀與豨同。按：今世字，誤以豕為彘，以彘為豕。何以明之？為啄、琢从豕，蠡从彘。皆取其聲，以是明之。（臣鉉等曰：此語未詳，或後人所加。）凡豕之屬皆从豕。（式視切）�，古文。【《說文解字》卷九下，豕部】

〔註93〕李圃：《古文字詁林》，第八冊，上海：上海教育出版社，2000年，第393頁。
〔註94〕馬如森：《殷墟甲骨文實用字典》，上海：上海大學出版社，2008年，第215頁。
〔註95〕馬如森：《殷墟甲骨文實用字典》，上海：上海大學出版社，2008年，第215頁。

按：小篆「豕」和古文「豕」，字形均像豬之形。兩者均為象形字，全功能零合成。此組為異寫字。

280. 希 yì：希（小篆）──希（古文）

修豪獸。一曰：河內名豕也。从互，下象毛足。凡希之屬皆从希。讀若弟。（羊至切）�，籀文。希，古文。【《說文解字》卷九下，希部】

按：小篆「希」和古文「希」，字形均像長毛野獸之形。兩者均為象形字，全功能零合成。此組為異寫字。

281. 絺 sì：絺（小篆）──絺（古文）

希屬。从二希。（息利切）。絺，古文絺。《虞書》：「類於上帝。」【《說文解字》卷九下，希部】

按：小篆「絺」和古文「絺」，字形象兩個長毛野獸。兩者均為象形字，全功能零合成。此組為異寫字。

282. 㕞 sì：㕞（小篆）──㕞（古文）

如野牛而青。象形。與禽、离頭同。凡㕞之屬皆从㕞。（徐姊切）㕞，古文。从几。【《說文解字》卷九下，㕞部】

按：小篆「㕞」和古文「㕞」均為象形字，全功能零合成。此組為異寫字。

283. 豫 yù：豫（小篆）──豫（古文）

象之大者。賈侍中說：不害於物。从象，予聲。（羊茹切）豫，古文。【《說文解字》卷九下，象部】

按：小篆「豫」和古文「豫」均从象、予聲。「象」與「象」字形稍有訛處。兩者均為形聲字，義音合成。此組為異寫字。

284. 馬 mǎ：馬（小篆）──馬（古文）

怒也。武也。象馬頭髦尾四足之形。凡馬之屬皆从馬。（莫下切）馬，古文。馬，籀文馬與影同，有髦。【《說文解字》卷十上，馬部】

強運開：馬，張德容云：「此籀文，小篆因之，非小篆始有也。《說文》馬下重文作影，注云，古文。籀文馬與影同有髦，蓋謂籀文作馬與古文作影同有髦也。故曰象馬頭髦尾四足之形。後人於籀文上重添一影篆，於是乎不可通矣。」《玉篇》不得其說，乃別作影以為籀文。段氏遂據以改許書而謂各本為古籀無別，其實非也。運開按張氏此說甚為精墻，改馬字見於金文者。毛公鼎

作，盂鼎作，条伯戎敦作，均與相近。又史頌敦作，散氏盤作，格伯敦作，均與鼓文相似。他如齊侯鐘虢季子白盤均作，與石鼓同，足見張氏非小篆始有之說為可信。《石鼓釋文》

按：小篆「馬」和古文「彩」字形均像馬之形，象形字，全功能零合成。此組為異寫字。

285. 驅 qū：（小篆）──（古文）

馬馳也。从馬，區聲。（豈俱切），古文驅。从攴。【《說文解字》卷十上，馬部】

李孝定：契文从馬、从攴，與馭字从又略異而為會意，字則同。蓋馭為使馬故从又，驅則鞭之使前，故从攴耳。〔註96〕

按：小篆「驅」，从馬、區聲；古文「」，从攴、區聲。兩者均為形聲字，義音合成。此組為異構字。

286. 灋 fǎ：（小篆）──（古文）

刑也。平之如水，从水；廌，所以觸不直者；去之，从去。（方乏切）法，今文省。，古文。【《說文解字》卷十上，廌部】

按：小篆「灋」，由水、由廌、由去會意；古文「」，从正、从令省會意。兩者均為會意字，會義合成。此組為異構字。

287. 麗 lì：（小篆）──（古文）

旅行也。鹿之性，見食急則必旅行。从鹿，麗聲。《禮》：麗皮納聘。蓋鹿皮也。（郎計切），古文。，篆文麗字。【《說文解字》卷十上，鹿部】

按：小篆「麗」，从鹿、麗聲，形聲字，義音合成。古文「」，从雙「丽」，會意。商承祚《說文中之古文考》：「鹿如並行，古文並駕謂之麗。」會意字，會義合成。此組為異構字。

288. 狂 kuáng：（小篆）──（古文）

狾犬也。从犬，㞷聲。（巨王切），古文。从心。【《說文解字》卷十上，犬部】

馬如森：甲骨文，从犬、从止、从丄。从犬往聲。字象狗瘋狂往返之意。

〔註96〕李孝定：《甲骨文字集釋》，中央研究院歷史語言研究所，1970年，第3045頁。

小篆字形與甲骨文同。本義是瘋狗。〔註97〕

　　按：小篆「![字]」，從犬、![字]聲；古文「![字]」，從心，![字]聲。兩者均為形聲字，義音合成。此組為異構字。

289. 羆 pí：![字]（小篆）——![字]（古文）

　　如熊，黃白文。從熊，罷省聲。（彼為切）![字]，古文。從皮。【《說文解字》卷十上，熊部】

　　按：小篆「![字]」，從熊、罷省聲；古文「![字]」，從熊、皮聲。兩者均為形聲字，義音合成。此組為異構字。

290. 烖 zāi：![字]（小篆）——![字]（古文）

　　天火曰烖。從火，𢦏聲。（祖才切）![字]，或從宀、火。![字]，古文。從才。![字]，籀文。從巛。【《說文解字》卷十上，火部】

　　馬如森：甲骨文![字]、![字]，從火，從宀，或從![字]，在標聲。字象火燒屋。〔註98〕

　　馬敘倫：![字]。周兆沅曰：「巛聲。」余永梁曰：「![字]甲文有，即災字。」倫按巛從才得聲，故烖或從巛得聲。甲文則從才得聲。《說文》當作籀文烖，校者改之。〔註99〕

　　《甲骨文編》：甲骨文![字]，從宀、火，與說文烖字或體同。〔註100〕

　　按：小篆「![字]」，從火、𢦏聲；古文「![字]」，從火、才聲。兩者均為形聲字，義音合成。此組為異構字。

291. 煙 yān：![字]（小篆）——![字]（古文）

　　火氣也。從火，垔聲。（烏前切）![字]，或從因。![字]，古文。![字]，籀文，從宀。【《說文解字》卷十上，火部】

　　馬敘倫：![字]。鈕樹玉曰：「從宀二字疑後人加。」倫按從火，窒聲。《說文·示部》籀文禋從示窒聲，可證也。《說文》當作籀文煙，校者改之。〔註101〕

　　按：小篆「![字]」，從火、垔聲；古文「![字]」，從宀、垔聲。兩者均為形聲字，

〔註97〕馬如森：《殷墟甲骨文實用字典》，上海：上海大學出版社，2008年，第228頁。
〔註98〕馬如森：《殷墟甲骨文實用字典》，上海：上海大學出版社，2008年，第232頁。
〔註99〕李圃：《古文字詁林》，第八冊，上海：上海教育出版社，2000年，第696頁。
〔註100〕中國社會科學院考古研究所：《甲骨文編》，北京：中華書局，1965年，第413頁。
〔註101〕李圃：《古文字詁林》，第八冊，上海：上海教育出版社，2000年，第699頁。

義音合成。此組為異構字。

292. 光 guāng：**炗**（小篆）——**燊**、**炗**（古文）

明也。从火在人上，光明意也。（古皇切）**燊**，古文。**炗**，古文。【《說文解字》卷十上，火部】

按：小篆「**炗**」，由火、由人會意，古文「**燊**」、「**炗**」也均為會意字，會義合成。此組為異構字。

293. 熾 chì：**熾**（小篆）——**㷅**（古文）

盛也。从火，戠聲。（昌志切）**㷅**，古文熾。【《說文解字》卷十上，火部】

按：小篆「**熾**」，从火、戠聲；古文「**㷅**」，从火、戠省聲。兩者均為形聲字，義音合成。此組為異寫字。

294. 囪 chuāng：**囪**（小篆）——**囱**（古文）

在牆曰牖，在屋曰囪。象形。凡囪之屬皆从囪。（楚江切）**窻**，或从穴。**囱**，古文。【《說文解字》卷十下，囪部】

按：小篆「**囪**」和古文「**囱**」均像牖或煙囪之形，均為象形字，全功能零合成。此組為異寫字。

295. 赤 chì：**赤**（小篆）——**烾**（古文）

南方色也。从大，从火。凡赤之屬皆从赤。（昌石切）**烾**，古文。從炎、土。【《說文解字》卷十下，赤部】

馬如森：甲骨文**赤**，從人、從火，象燒人形，與炆字形近。以火紅示為赤色，本義是紅色。〔註102〕

按：小篆「**赤**」，由大、由火會意。古文「**烾**」，由炎，由土會意。兩者均為會意字，會義合成。此組為異構字。

296. 吳 wú：**吳**（小篆）——**呆**（古文）

姓也。亦郡也。一曰：吳，大言也。从矢、口。（五乎切。徐鍇曰：大言，故矢口以出聲。《詩》曰：「不吳不揚。」今寫《詩》者改吳作吳。又音乎化切。其謬甚矣。）**呆**，古文如此。【《說文解字》卷十下，矢部】

按：小篆「**吳**」，由矢、由口會意；古文「**呆**」，由口、由夭會意。兩者均為

〔註102〕馬如森：《殷墟甲骨文實用字典》，上海：上海大學出版社，2008 年，第 233 頁。

會意字，會義合成。此組為異構字。

297. 尣 wāng：（小篆）——（古文）

彼，曲脛也。从大，象偏曲之形。凡尣之屬皆从尣。（烏光切），古文从
坣。【《說文解字》卷十下，尣部】

按：小篆「」，从大，像偏曲之形，象形字，全功能零合成。古文「」，
从大，坣聲，形聲字，形音合成。此組為異構字。

298. 奏 zòu：（小篆）——、（古文）

奏進也。从夲，从廾，从屮。屮，上進之義。（則候切），古文。，亦
古文。【《說文解字》卷十下，夲部】

按：小篆「」，由夲、由収、由屮會意；古文「」，由収、由𡴀會意；
古文「」，由支、由夰會意。三者均為會意字，會義合成。此組為異構字。

299. 囟 xìn：（小篆）——（古文）

頭會，匘蓋也。象形。凡囟之屬皆从囟。（息進切）腦，或从肉宰。，古
文囟字。【《說文解字》卷十下，囟部】

按：小篆「」和古文「」均像頭骨會合的地方，兩者均為象形字，全功
能零合成。此組為異寫字。

300. 悳 dé：（小篆）——（古文）

外得於人，內得於己也。从直，从心。（多則切），古文。【《說文解字》
卷十下，心部】

按：小篆「」，由直、由心會意；古文「」，从心、从𥄂，𥄂與直字形
有訛變。兩者均為會意字，會義合成。此組為異寫字。

301. 慎 shèn：（小篆）——（古文）

謹也。从心，真聲。（時刃切），古文。【《說文解字》卷十下，心部】

按：小篆「」，从心、真聲，形聲字，義音合成。古文「」不可解。

302. 恕 shù：（小篆）——（古文）

仁也。从心，如聲。（商署切），古文省。【《說文解字》卷十下，心部】

按：小篆「」，从心、如聲；古文「」，从心、从如省聲。兩者均為形聲
字，義音合成。此組為異寫字。

303. 懼 jù：懼（小篆）——愳（古文）

恐也。从心，瞿聲。（其遇切）愳，古文。【《說文解字》卷十下，心部】

按：小篆「懼」，从心、瞿聲，形聲字，義音合成。古文「愳」，从心，䀠聲，形聲字，義音合成。此組為異構字。

304. 悟 wù：悟（小篆）——𢙇（古文）

覺也。从心，吾聲。（五故切）𢙇，古文悟。【《說文解字》卷十下，心部】

按：小篆「悟」，从心、吾聲；古文「𢙇」，从心、五聲。「𠄡」 為「五」字形之重迭。兩者均為形聲字，義音合成。此組為異構字。

305. 悆 ài：悆（小篆）——㤅（古文）

惠也。从心，旡聲。（烏代切）㤅，古文悆。【《說文解字》卷十下，心部】

按：小篆「悆」，从心、旡聲；古文「㤅」，从心、既聲。段玉裁《說文解字注》：「既者，旡聲。即旡聲也。」兩者均為形聲字，義音合成。此組為異構字。

306. 憜 duò：憜（小篆）——媠（古文）

不敬也。从心，𡐦省。《春秋傳》曰：「執玉憜。」（徒果切）憜，憜或省𡐦。媠，古文。【《說文解字》卷十下，心部】

按：小篆「憜」，从心，𡐦省聲。形聲字，義音合成。古文「媠」，从女，𡐦省聲。形聲字，義音合成。此組為異構字。

307. 愆 kuò：愆（小篆）——聒（古文）

善自用之意也。从心，銛聲。《商書》曰：「今汝愆愆。」（古活切）聒，古文，从耳。【《說文解字》卷十下，心部】

按：小篆「愆」，从心、銛聲；古文「聒」，从耳、銛聲。兩者均為形聲字，義音合成。此組為異構字。

308. 怨 yuàn：怨（小篆）——悁（古文）

恚也。从心，夗聲。（於願切）悁，古文。【《說文解字》卷十下，心部】

按：小篆「怨」，从心、夗聲，形聲字，義音合成。古文「悁」，由心、由㞋會意，會意字，會義合成。此組為異構字。

309. 患 huàn：患（小篆）——𢠎、𢝥（古文）

憂也。从心上貫吅，吅亦聲。（胡丱切）𢠎，古文。从關省。𢝥，亦古文患。

【《說文解字》卷十下，心部】

按：小篆「🔣」，從心，串聲。形聲字，義音合成。古文「🔣」，從心，關省聲。形聲字，義音合成。古文「🔣」，從心，串聲。形聲字，義音合成。小篆「🔣」與古文「🔣」為異構字關係。小篆「🔣」與古文「🔣」為異寫字關係。

310. 恐 kǒng：🔣（小篆）——🔣（古文）

懼也。從心，𢀜聲。（丘隴切）🔣，古文。【《說文解字》卷十下，心部】

按：小篆「🔣」，從心、𢀜聲；古文「🔣」，從心、工聲。兩者均為形聲字，義音合成。此組為異構字。

311. 漾 yàng：🔣（小篆）——🔣（古文）

水。出隴西相道，東至武都為漢。從水，羕聲。（余亮切）🔣，古文。從養。【《說文解字》卷十一上，水部】

按：小篆「🔣」，從水、羕聲；古文「🔣」，從水、養聲。兩者均為形聲字，義音合成。此組為異構字。

312. 漢 hàn：🔣（小篆）——🔣（古文）

漾也。東為滄浪水。從水，難省聲。（臣鉉等曰：從難省，當作𦰩。而前作相承去土從大，疑兼從古文省。呼旰切）🔣，古文。【《說文解字》卷十一上，水部】

按：小篆「🔣」，從水，難省聲。形聲字，義音合成。古文「🔣」，由大、由減會意。商承祚《說文中之古文考》：「減，疾流也，漢水大而流疾，故從減、大會意。」會意字，會義合成。此組為異構字。

313. 沇 yǎn：🔣（小篆）——🔣（古文）

水。出河東東垣王屋山，東為泲。從水，允聲。（以轉切）🔣，古文沇。（臣鉉等曰：口部已有，此重出。）【《說文解字》卷十一上，水部】

按：小篆「🔣」，從水、允聲；古文「🔣」，從水、𠙵聲。兩者均為形聲字，義音合成。此組為異構字。

314. 淵 yuān：🔣（小篆）——🔣（古文）

回水也。從水，象形。左右，岸也。中象水皃。（烏玄切）🔣，淵或省水。🔣，古文。從口、水。【《說文解字》卷十一上，水部】

馬如森：象潭淵形，金文沇子它簋銘文從水，（字形上引）突出其義。本義

是潭淵。〔註103〕

　　按：小篆「淵」，從水、㳄，象形，八像水之岸，像大水的樣子。會意字，會義合成。古文「㶜」，由口、由水會意，會意字，會義合成。此組為異構字。

315. 津 jīn：津（小篆）——𣲵（古文）

　　水渡也。從水，聿聲。（將鄰切）𣲵，古文津。從舟，從淮。【《說文解字》卷十一上，水部】

　　按：小篆「津」，從水、聿聲，形聲字，義音合成。古文「𣲵」，由舟、由淮會意，會意字，會義合成。此組為異構字。

316. 湛 zhàn：湛（小篆）——𤃬（古文）

　　沒也。一曰，甚聲。一曰：湛水，豫章浸。（宅減切）𤃬，古文。【《說文解字》卷十一上，水部】

　　按：小篆「湛」，從水、甚聲，形聲字，義音合成。古文同，甚應為㽘之訛變。此組為異寫字。

317. 漿 jiāng：漿（小篆）——𣲦（古文）

　　酢漿也。從水，將省聲。（即良切）𣲦，古文。漿省。【《說文解字》卷十一上，水部】

　　按：小篆「漿」，從水、將省聲。形聲字，義音合成。古文「𣲦」，從水，將省聲。古文與小篆字形左邊部件相似，古文也為形聲字，義音合成。此組為異寫字。

318. 沬 mò：沬（小篆）——𦚧（古文）

　　洒面也。從水，未聲。（荒內切）𦚧，古文沬。從頁。【《說文解字》卷十一上，水部】

　　按：小篆「沬」，從水、未聲，形聲字，義音合成。古文「𦚧」，由水、由頁會意，會意字，會義合成。羅振玉《增定殷墟書契考釋》：「（𦚧）甲骨文像人散髮就皿洒面之狀。」此組為異構字。

319. 泰 tài：泰（小篆）——𡗨（古文）

〔註103〕馬如森：《殷墟甲骨文實用字典》，上海：上海大學出版社，2008年，第247頁。

滑也。从廾，从水，大聲。（他蓋切。臣鉉等曰：本音他達切。今《左氏傳》作汰輔，非是。）𡗞，古文泰。【《說文解字》卷十一上，水部】

按：小篆「𡔖」，由収、由水會意，大聲。形聲字，綜合合成。古文「𡗞」，由大、由𠬞會意。段玉裁《說文解字注》：「『𡗞』當作𡗞，从𠬞取消之意。」會意字，會義合成。此組為異構字。

320. 〈 quǎn：𡿨（小篆）——𤰝（古文）

水小流也。《周禮》：「匠人為溝洫，耜廣五寸，二耜為耦；一耦之伐，廣尺、深尺，謂之〈。」倍〈謂之遂，倍遂曰溝，倍溝曰洫，倍洫曰〈〈。凡〈之屬皆从〈。（姑泫切）𤰝，古文。从田，从川。𤰞，篆文〈。从田，犬聲。六𤰞一𤰝。【《說文解字》卷十一下，〈部】

按：小篆「𡿨」，像田間小水流，象形字，全功能零合成。古文「𤰝」，由田、由川會意，會意字，會義合成。此組為異構字。

321. 巠 jīng：巠（小篆）——𡼏（古文）

水脈也。从川在一下。一，地也。壬省聲。一曰：水冥巠也。（古靈切）𡼏，古文巠不省。【《說文解字》卷十一下，川部】

按：小篆「巠」，由「川」在「一」下會意，「一」表示土地；壬省聲。古文「𡼏」，壬不省。兩者均為會意兼形聲字，綜合合成。此組為異寫字。

322. 州 zhōu：𠿡（小篆）——𢇛（古文）

水中可居曰州，周遶其旁，从重川。昔堯遭洪水，民居水中高土，或曰九州島。《詩》曰：「在河之州。」一曰：州，疇也。各疇其土而生之。（臣鉉等曰：今別作洲，非是。職流切）𢇛，古文州。【《說文解字》卷十一下，川部】

羅振玉：甲骨文𢇛，州為水中可居者，故此字旁象川流，中央象土地。[註104]

按：小篆「𠿡」和古文「𢇛」字形均像川中有島可居形，象形字，全功能零合成。此組為異寫字。

323. 睿 jùn：𥨐（小篆）——𤃥（古文）

深通川也。从谷，从𠣜。𠣜，殘地，坑坎意也。《虞書》曰：「睿畎澮距川。」（私閏切）濬，睿或从水。𤃥，古文睿。【《說文解字》卷十一下，谷部】

〔註104〕羅振玉：《增訂殷墟書契考釋》，東方學會印，丁卯二月，第10頁。

按：小篆「」，由谷、由會意。段玉裁《說文解字注》：「謂穿之，谷取坑坎之意。坑坎，深意也。」會意字，會義合成。古文「」，从水、睿聲，形聲字，義音合成。此組為異構字。

324. 冬 dōng：（小篆）——（古文）

四時盡也。从仌，从夂。夂，古文終字。（都宗切），古文冬。从日。【《說文解字》卷十一下，仌部】

按：小篆「」，从仌，从夂，夂也表音。夂為古文「終」字。會意兼形聲，綜合合成。古文「」，从日，从夂，夂也表音。會意兼形聲，綜合合成。此組為異構字。

325. 雨 yǔ：（小篆）——（古文）

水从雲下也。一象天，冂象雲，水霝其閒也。凡雨之屬皆从雨。（王矩切），古文雨。【《說文解字》卷十一下，雨部】

按：小篆「」和古文「」字形均像下雨貌。兩者皆為象形字，全功能零合成。此組為異寫字。

326. 靁 léi：（小篆）——、（古文）

陰陽薄動靁雨，生物者也。从雨，晶象回轉形。（魯回切），古文靁。，古文靁。，籀文。靁閒有回；回，靁聲也。【《說文解字》卷十一下，雨部】

馬敘倫：，金文多、、，則籀篇亦然，但傳寫訛為耳。此篆當與上文篆互易。此說解中閒有回回當作閒有回回，正釋字也。然係校語。靁聲也與謂當在正文靁字說解中，是也。从電之初文，此後起字，復增雨耳。〔註105〕

馬如森：甲骨文，从閃電及象火球形。字象閃電之火球，發出隆隆聲，以示為雷。本義是雷。〔註106〕

按：古人認為靁為天神擊鼓之聲，所以小篆及古文字形中的「」、「」應為鼓形，字形中的雨為意符，「」為閃電之形。三者均為會意字，會義合成。小篆「」與古文「」為異寫字，小篆「」與古文「」為異構字。

〔註105〕李圃：《古文字詁林》，第九冊，上海：上海教育出版社，2000年，第327頁。
〔註106〕馬如森：《殷墟甲骨文實用字典》，上海：上海大學出版社，2008年，第258頁。

327. 電 diàn：電（小篆）──閃（古文）

陰陽激耀也。從雨，從申。（堂練切）閃，古文電。【《說文解字》卷十一下，雨部】

按：小篆「電」和古文「閃」，均由雨、由申會意。「⺕」為古文「申」字。兩者均為會意字，會義合成。此組為異寫字。

328. 雹 bāo：雹（小篆）──雹（古文）

雨冰也。從雨，包聲。（蒲角切）雹，古文雹。【《說文解字》卷十一下，雨部】

按：小篆「雹」，從雨、包聲，形聲字，義音合成。古文「雹」，從雨，品像冰雹之形，會意字，會義合成。此組為異構字。

329. 雲 yún：雲（小篆）──云、𠃊（古文）

山川氣也。從雨，云象雲回轉形。凡雲之屬皆從雲。（王分切）云，古文省雨。𠃊，亦古文雲。【《說文解字》卷十一下，雲部】

馬如森：甲骨文𠃊，象物字，象天空雲朵形。本義是雲。〔註107〕

按：小篆「雲」，從雨，云像雲回轉之形，會意字，形義合成。古文「云」、「𠃊」均像雲回轉之形，象形字，全功能零合成。此組為異構字。

330. 霒 yīn：霒（小篆）──侌、𠆢（古文）

雲覆日也。從雲，今聲。（於今切）。侌，古文或省。𠆢，亦古文霒。【《說文解字》卷十一下，雲部】

按：小篆「霒」，從雲、今聲。形聲字，義音合成。古文「侌」和「𠆢」均為「霒」省雨。古文「𠆢」應為「侌」形之變。兩古文均為形聲字，形音合成。此組為異構字。

331. 至 zhì：至（小篆）──至（古文）

鳥飛從高下至地也。從一，一猶地也。象形。不上去而至下來也。凡至之屬皆從至。（脂利切）至，古文至。【《說文解字》卷十二上，至部】

馬如森：甲骨文至，合體象事字。從矢、從一，一為矢中之目標。字象箭射中之形。本義是到。〔註108〕

〔註107〕馬如森：《殷墟甲骨文實用字典》，上海：上海大學出版社，2008年，第261頁。
〔註108〕馬如森：《殷墟甲骨文實用字典》，上海：上海大學出版社，2008年，第263頁。

按：小篆「**坣**」，從一，一指地面，**坣**像矢之形。古文「**坣**」同。古文中多的「一」僅為羨餘符號。兩者均為會意字，形義合成。此組為異寫字。

332. 西 xī：**鹵**（小篆）——**卤**（古文）

鳥在巢上。象形。日在西方而鳥棲，故因以為東西之西。凡西之屬皆從西。（先稽切）**㮊**，西或從木妻。**卤**，古文西。**卤**，籀文西。【《說文解字》卷十二上，西部】

羅振玉：西周籀文作**卤**，且字鼎亦作**卤**。卜辭中有**卤**、**卤**，與許書籀文同。而卜辭上下斷缺，不能知果為西否。其作**卤**、**卤**等形。王國維謂即西字。驗之諸文，其說甚確。《殷墟書契考釋》

強運開：**卤**，鄭漁仲釋作西，云見尹彝。羅振玉曰：「鄭釋是也。」運開按，《說文》西籀文作**卤**。此篆與籀文西相近。《石鼓釋文》

商承祚：石鼓經文作**卤**又所錄籀文**卤**，亦古文。《古文考》

唐蘭：西字卜辭作**卤**、**卤**、**卤**等形。**卤**形與金文且子鼎合。凡古文字中，**乂**與十形多亂，**卤**或為**卤**。由**卤**而訛為**卤**，則即後來作**卤**、**卤**等形所出。**卤**訛為**卤**，《說文》籀文鹵所從出也。《釋四方之名》

按：小篆「**鹵**」，像鳥在巢上。古文「**卤**」像鳥巢之形。兩者均為象形字，全功能零合成。此組為異構字。

333. 戶 hù：**戶**（小篆）——**扆**（古文）

護也。半門曰戶。象形。凡戶之屬皆從戶。（侯古切）**扆**，古文戶。從木。【《說文解字》卷十二上，戶部】

按：小篆「**戶**」，像一扇門之形。象形字，全功能零合成。古文「**扆**」，從木、從戶，戶像一扇門之形，戶亦聲。會意兼形聲字，綜合合成。此組為異構字。

334. 閾 yù：**閾**（小篆）——**閾**（古文）

門榍也。從門，或聲。《論語》曰：「行不履閾。」（於逼切）**閾**，古文閾。從洫。【《說文解字》卷十二上，門部】

按：小篆「**閾**」，從門、或聲；古文「**閾**」，從門、洫聲。兩者均為形聲字，義音合成。此組為異構字。

335. 開 kāi：**開**（小篆）——**開**（古文）

張也。从門，从开。（苦哀切）𨳡，古文。【《說文解字》卷十二上，門部】

按：小篆「𨳡」，由門、由开會意；古文「𨳡」，由門、由収、由一會意。兩者均為會意字，會義合成。此組為異構字。

336. 閒 jiān：𨳯（小篆）——𨳯（古文）

隙也。从門，从月。𨳜古文閒。（徐鍇曰：夫門當夜閉，閉而見月光，是有閒隙也。古閒切）【《說文解字》卷十二上，門部】

按：小篆「𨳯」，由門、由月會意。徐鍇：「夫門夜閉，閉而見月光，是有間隙也。」古文「𨳜」，由門、由外會意。朱駿聲《說文通訓定聲》：「古文从門，从外。按从內而見外，則有間也。」兩者均為會意字，會義合成。此組為異構字。

337. 閔 mǐn：閔（小篆）——𢗀（古文）

弔者在門也。从門，文聲。（臣鉉等曰：今別作憫，非是。眉殞切）𢗀，古文閔。【《說文解字》卷十二上，門部】

按：小篆「閔」，从門、文聲；古文「𢗀」，从思、民聲。「抉」為民之訛變。「𢗀」《汗簡》作「𢗀」，从古文「民」；小徐本作「𢗀」。兩者均為形聲字，義音合成。此組為異構字。

338. 聞 wén：聞（小篆）——𦕫（古文）

知聞也。从耳，門聲。（無分切）𦕫，古文。从昏。【《說文解字》卷十二上，耳部】

馬如森：甲骨文𦕫，从人、从耳，突出其耳，以示聽聲音。本義是知聞。

按：小篆「聞」，从耳、門聲；古文「𦕫」，从耳、昏聲。兩者均為形聲字，義音合成。此組為異構字。

339. 䢵 yí：𦣛（小篆）——𠤳（古文）

廣臣也。从臣，已聲。（與之切）𠤳，古文䢵。从户。（臣鉉等曰：今俗作牀史切。以為階䢵之䢵。）【《說文解字》卷十二上，臣部】

按：小篆「𦣛」，从臣，已聲；古文「𠤳」，从户，已聲。兩者均為形聲字，義音合成。此組為異構字。

340. 手 shǒu：手（小篆）——𠂒（古文）

拳也。象形。凡手之屬皆从手。（書九切）手，古文手。【《說文解字》卷十二上，手部】

按：小篆「手」和古文「手」，字形均像指掌之形，象形字，全功能零合成。此組為異寫字。

341. 捧 bài：手（小篆）——手（古文）

首至地也。从手、夆，夆音忽。（徐鍇曰：夆，進趣之疾也，故拜从之。博怪切）手，揚雄說拜从雙手。手，古文拜。【《說文解字》卷十二上，手部】

按：小篆「手」，从手、夆聲，形聲字，義音合成。古文「手」，由比、由兩個「手」會意，會意字，會義合成。此組為異構字。

342. 扶 fú：扶（小篆）——扶（古文）

左也。从手，夫聲。（防無切）扶，古文扶。【《說文解字》卷十二上，手部】

按：小篆「扶」，从手、夫聲；古文「扶」，从攴、夫聲。兩者均為形聲字，義音合成。此組為異構字。

343. 握 wō：握（小篆）——握（古文）

搤持也。从手，屋聲。（於角切）握，古文握。【《說文解字》卷十二上，手部】

按：小篆「握」，从手、屋聲；古文「握」同；古文字形上部「手」為手之訛變，下部分「屋」為屋之訛變。徐灝《段注箋》：「古文『握』上體即手字，下即屋字。」兩者均為形聲字，義音合成。此組為異寫字。

344. 撫 fǔ：撫（小篆）——撫（古文）

安也。从手，無聲。一曰：循也。（芳武切）撫，古文。从亡、亡。【《說文解字》卷十二上，手部】

按：小篆「撫」，从手、無聲，形聲字，義音合成。古文「撫」，由亡、由亡會意，會意字，會義合成。此組為異構字。

345. 揚 yáng：揚（小篆）——揚（古文）

飛舉也。从手，易聲。（與章切）揚，古文。【《說文解字》卷十二上，手部】

按：小篆「揚」，从手、易聲；古文「揚」，从攴、易聲。兩者均為形聲字，義音合成。此組為異構字。

346. 播 bō：播（小篆）——𢿜（古文）

種也。一曰布也。从手，番聲。（補過切）𢿜，古文播。【《說文解字》卷十二上，手部】

按：小篆「播」，从手、番聲；古文「𢿜」，从攴、番聲。兩者均為形聲字，義音合成。此組為異構字。

347. 撻 tà：撻（小篆）——𤼩（古文）

鄉飲酒，罰不敬，撻其背。从手，達聲。（他達切）𤼩，古文撻。《周書》曰：「遽以記之。」【《說文解字》卷十二上，手部】

按：小篆「撻」，从手、達聲；古文「𤼩」，从疒、達聲。兩者均為形聲字，義音合成。此組為異構字。

348. 妻 qī：妻（小篆）——𡚂（古文）

婦與夫齊者也。从女，从中，从又。又，持事，妻職也。（臣鉉等曰：中者，進也，齊之義也，故从中。七稽切），𡚂，古文妻。从𠖋、女。𠖋，古文貴字。【《說文解字》卷十二下，女部】

按：小篆「妻」，由女、由中（髮髻形）、由又會意；古文「𡚂」，由女、由𠖋會意、𠖋為手握髮髻形。兩者均為會意字，會義合成。此組為異構字。

349. 奴 nú：奴（小篆）——𡚷（古文）

奴、婢，皆古之辠人也。《周禮》曰：「其奴，男子入於辠隸，女子入於舂槁。」从女，从又。（臣鉉等曰：又，手也。持事者也。乃都切）𡚷，古文奴。从人。【《說文解字》卷十二下，女部】

按：小篆「奴」，由女、由又會意；古文「𡚷」，由女、由人會意。兩者均為會意字，會義合成。此組為異構字。

350. 婁 lóu：婁（小篆）——𡟫（古文）

空也。从母中女，空之意也。一曰：婁，務也。（洛侯切）𡟫，古文。【《說文解字》卷十二下，女部】

按：小篆「婁」和古文「𡟫」字形均不可解。

351. 姦 jiān：姦（小篆）——𢘟（古文）

私也。从三女。（古顏切）𢘟，古文姦。从心，旱聲。【《說文解字》卷十二下，女部】

按：小篆「🔲」，由三女會意，會意字，會義合成。古文「🔲」，從心、旱聲，形聲字，義音合成。此組為異構字。

352. 民 mín：民（小篆）——🔲（古文）

眾萌也。從古文之象。凡民之屬皆從民。（彌鄰切）🔲，古文民。【《說文解字》卷十二下，民部】

郭沫若：……🔲、🔲均作一左目形，而有刃物以刺之。古人民盲每通訓。如《賈子・大政下編》「民之為言萌也，萌之為言盲也。」……而以為奴隸之總稱。〔註109〕

高鴻晉：……象眸子出眶之形，即盲字也。後借為人民之民……盲目之義為本義。〔註110〕

按：小篆「民」和古文「🔲」字形均像刀刃之物刺入左眼之形，會意。郭沫若認為「民」字形象人的左目有刃物刺入。古代民、盲常可互訓。今觀「民」之古文，則民、盲應為一事。然其字均作左目，而以之為奴隸之總稱。古文與小篆均為會意字，會義合成。此組為異寫字。

353. 我 wǒ：🔲（小篆）——🔲（古文）

施身自謂也。或說：我，頃頓也。從戈，從𠂢。𠂢，或說古垂字，一曰古殺字。凡我之屬皆從我。（徐鍇曰：從戈者，取戈自持也。五可切）🔲，古文我。【《說文解字》卷十二下，我部】

馬如森：🔲獨體象物字。字象有長柄而又有鋸齒之兵器形。本義是兵器鋸。後本義廢矣，久借作人稱代詞「我」。〔註111〕

按：「我」甲骨文作「🔲」、「🔲」等形（《甲骨文編》四九五頁），像長柄且刃部有鋸齒形的斧鉞，本義為一種已殘破的鉞。小篆「🔲」和古文「🔲」均為其甲骨文形體之訛變。兩者皆為象形字，全功能零合成。此組為異寫字。

354. 琴 qín：🔲（小篆）——🔲（古文）

禁也。神農所作。洞越。練朱五弦，周加二弦。象形。凡珡之屬皆從珡。（巨今切）🔲，古文珡。從金。【《說文解字》卷十二下，琴部】

〔註109〕郭沫若：《甲骨文字研究釋臣宰》北京：科學出版社，1962 年，第 3 頁。

〔註110〕周法高：《金文詁林》，香港：香港中文大學出版社，1975 年，第 6880 頁。

〔註111〕馬如森：《殷墟甲骨文實用字典》，上海：上海大學出版社，2008 年，第 287 頁。

按：小篆「琴」，字形象琴之形，象形字，全功能零合成。古文「琴」，字形上部像琴之形，金聲。形聲字，義音合成。此組為異構字。

355. 瑟 sè：瑟（小篆）——瑟（古文）

庖犧所作弦樂也。从珡，必聲。（所櫛切）瑟，古文瑟。【《說文解字》卷十二下，琴部】

按：小篆「瑟」，从珡、必聲，形聲字，義音合成。古文「瑟」，像樂器之形，象形字，全功能零合成。此組為異構字。

356. 直 zhí：直（小篆）——直（古文）

正見也。从乚，从十，从目。（徐鍇曰：乚，隱也。今十目所見是直也。除力切）直，古文直。【《說文解字》卷十二下，乚部】

馬如森：甲骨文，从目、从丨，丨標示目光直視。本義是目直視。〔註112〕

按：小篆「直」，由乚、由目、由十會意，十為「丨」的變形，表示目光直視。王筠《說文句讀》：「十目所視，無微之見，爰得我直矣。」古文「直」，由囧、由米、由十會意，十為「丨」的變形，表示眼睛直視。古文囧和目混同。兩者均為會意字，會義合成。此組為異構字。

357. 曲 qū：曲（小篆）——曲（古文）

象器曲受物之形。或說：曲，蠶薄也。凡曲之屬皆从曲。（丘玉切）曲，古文曲。【《說文解字》卷十二下，曲部】

按：小篆「曲」和古文「曲」，字形象彎曲之形，象形字，全功能零合成。此組為異寫字。

358. 甾 zī：甾（小篆）——甾（古文）

東楚名缶曰甾。象形。凡甾之屬皆从甾。（側詞切）甾，古文。【《說文解字》卷十二下，甾部】

馬如森：甲骨文，象器物缶形，古盛酒漿的瓦器，小口大腹。後也有銅製的。本義是缶，名詞。〔註113〕

按：小篆「甾」和古文「甾」，字形均像缶之形，象形字，全功能零合成。此組為異寫字。

〔註112〕馬如森：《殷墟甲骨文實用字典》，上海：上海大學出版社，2008年，第288頁。
〔註113〕馬如森：《殷墟甲骨文實用字典》，上海：上海大學出版社，2008年，第290頁。

359. 弼 bì：[小篆]——[古文]、[古文]（古文）

輔也。重也。从弜，丙聲。（徐鍇曰：丙，舌也，非聲。舌柔而弜剛，以柔从剛，輔弼之意。房密切）[字形]，弼或如此。[字形]、[字形]並古文弼。【《說文解字》卷十二下，弜部】

按：小篆「[字形]」，从弜、丙聲，形聲字，義音合成。古文「[字形]」字形不可解。古文「[字形]」，由弜、由攴會意，會意字，會義合成。小篆「[字形]」和古文「[字形]」為異構字。

360. 糸 mì：[小篆]（小篆）——[古文]（古文）

細絲也。象束絲之形。凡糸之屬皆从糸。讀若覛。（徐鍇曰：一蠶所吐為忽，十忽為絲，糸五忽也。莫狄切）[字形]，古文糸。【《說文解字》卷十三上，糸部】

按：小篆「[字形]」和古文「[字形]」，字形均一束絲的樣子，兩者皆為象形字，全功能零合成。此組為異寫字。

361. 繭 jiǎn：[小篆]（小篆）——[古文]（古文）

蠶衣也。从糸，从蟲，黹省。（古典切）[字形]，古文繭。从糸、見。【《說文解字》卷十三上，糸部】

按：小篆「[字形]」，由糸、由蟲、由黹省會意，會意字，會義合成。古文「[字形]」，从糸、見聲，形聲字，義音合成。此組為異構字。

362. 絕 jué：[小篆]（小篆）——[古文]（古文）

斷絲也。从糸，从刀，从卩。（情雪切）[字形]，古文絕。象不連體，絕二絲。【《說文解字》卷十三上，糸部】

馬如森：甲骨文[字形]，字象絲被刀割斷之形，本義是斷絲。〔註114〕

按：小篆「[字形]」，由糸、由刀、由卩會意；古文「[字形]」，（絲）像絲斷之形，（[字形]）表絲斷為兩截。兩者均為會意字，會義合成。此組為異構字。

363. 續 xù：[小篆]（小篆）——[古文]（古文）

連也。从糸，賣聲。（似足切）[字形]，古文續。从庚、貝。（臣鉉等曰：今俗作古行切。）【《說文解字》卷十三上，糸部】

〔註114〕馬如森：《殷墟甲骨文實用字典》，上海：上海大學出版社，2008年，第294頁。

按：小篆「繼」，从糸、𧶠聲，形聲字，義音合成。古文「𧶠」，由庚、由貝會意，會意字，會義合成。段玉裁《說文解字注》：「庚貝者，貝更迭相聯屬也。」此組為異構字。

364. 紹 shào：紹（小篆）──𦅻（古文）

繼也。从糸，召聲。一曰：紹，緊糾也。（市沼切）𦅻，古文紹。從邵。【《說文解字》卷十三上，糸部】

按：小篆「紹」，从糸、召聲；古文「𦅻」，从糸、邵聲。兩者均為形聲字，義音合成。此組為異構字。

365. 終 zhōng：終（小篆）──�（古文）

絿絲也。从糸，冬聲。（職戎切）𠱭，古文終。【《說文解字》卷十三上，糸部】

馬如森：甲骨文𠱭，字象繩端有終結之形。本義是終結。〔註115〕

按：小篆「終」，从糸、冬聲，形聲字，義音合成。古文「𠱭」，像絲終了打結之形，象形字，全功能零合成。此組為異構字。

366. 綱 gāng：綱（小篆）──𦁆（古文）

維紘繩也。从糸，岡聲。（古郎切）𦁆，古文綱。【《說文解字》卷十三上，糸部】

按：小篆「綱」，从糸、岡聲，形聲字，義音合成。古文「𦁆」，由木、由糸會意，會意字，會義合成。此組為異構字。

367. 線 xiàn：線（小篆）──綫（古文）

縷也。从糸，戔聲。（私箭切）綫，古文線。【《說文解字》卷十三上，糸部】

按：小篆「線」，从糸、戔聲；古文「綫」，从糸、泉聲。兩者均為形聲字，義音合成。此組為異構字。

368. 繘 yù：繘（小篆）──𦃇（古文）

綆也。从糸，矞聲。（余聿切）𦃇，古文。從絲。繘，籀文繘。【《說文解字》卷十三上，糸部】

馬敘倫：繘，倫按徽緁諸文皆从糸而此从絲，明絲係一字矣。高山寺《玉

篇》繘下不引本書，而曰古文為繺字，在絲部。古文下挩繘字。从絲校者加之。
〔註116〕

按：小篆「繘」，从糸、矞聲；古文「繺」，从絲、矞聲。兩者均為形聲字，義音合成。此組為異構字。

369. 總 sī：總（小篆）——宲（古文）

十五升布也。一曰：兩麻一絲布也。从糸，思聲。（息茲切）宲，古文總。从糸省。【《說文解字》卷十三上，糸部】

按：小篆「總」，从糸、思聲；古文「宲」，从𢆶、思省聲，「𢆶」為古文糸。兩者均為形聲字，義音合成。此組為異寫字。

370. 彝 yí：彝（小篆）——彝、絲（古文）

宗廟常器也。从糸；糸，綦也。廾持米，器中寶也。彑聲。此與爵相似。

《周禮》六彝：雞彝、鳥彝、黃彝、虎彝、蟲彝、斝彝。以待祼將之禮。（以脂切）彝、絲皆古文彝。【《說文解字》卷十三上，糸部】

《甲骨文編》：甲骨文彝，象兩手捧雞之形，非从糸米。〔註117〕

按：「彝」甲骨文作「彝」、「彝」等形。（《甲骨文編》五〇六頁）西周金文作「彝」、「彝」等。（《金文編》八六四頁）詹鄞鑫認為「彝」其字形象雙手進獻被砍掉頭反縛兩手的俘虜之形，本義為屠殺俘虜作為犧牲獻祭祖宗，引申為祭名，再引申為宗廟祭器之總名。（《甲骨文字詁林》九九〇——九九八頁）「彝」之小篆與古文字形均有訛變，但都為會意字，會義合成。此組為異構字。

371. 蚔 chí：蚔（小篆）——蚔（古文）

蟻子也。从虫，氏聲。《周禮》有蚔醢。讀若祁。（直尼切）蚔，籀文蚔。从蚰。蚔，古文蚔。从辰、土。【《說文解字》卷十三上，虫部】

按：小篆「蚔」，从虫、氏聲。形聲字，義音合成。古文「蚔」，从虫、从土、辰聲。形聲字，綜合合成。此組為異構字。

372. 蠭 fēng：蠭（小篆）——𡕥（古文）

飛蟲螫人者。从蚰，逢聲。（敷容切）𡕥，古文省。【《說文解字》卷十三下，蚰部】

〔註116〕李圃：《古文字詁林》，第九冊，上海：上海教育出版社，2000年，第1236頁。
〔註117〕中國社會科學院考古研究所：《甲骨文編》，北京：中華書局，1965年，第506頁。

按：小篆「𧖧」，从蚰、逢聲；古文「𧖙」，从蚰，夆聲。「𧖙」和「𠂤」均為「蚰」形。兩者均為形聲字，義音合成。此組為異構字。

373. 蠡 lǐ：𧖧（小篆）——𧖙（古文）

蟲齧木中也。从蚰，彖聲。（盧啟切）𧖙，古文。【《說文解字》卷十三下，蚰部】

按：小篆「𧖧」，从蚰、彖聲。古文「𧖙」，从𠂤、彖聲。𠂤為蚰之象形。段玉裁《說文解字注》：「彖見彑部，讀若弛，非『通貫切』之彖也。」兩者均為形聲字，義音合成。此組為異構字。

374. 蠢 chǔn：𧕏（小篆）——𧔼（古文）

蟲動也。从蚰，春聲。（尺尹切）𧔼，古文蠢。从�。《周書》曰：「我有截於西。」【《說文解字》卷十三下，蚰部】

按：小篆「𧕏」，从蚰、春聲；古文「𧔼」，从�、春省聲。段玉裁《說文解字注》：「�之言才也，始也。」兩者均為形聲字，義音合成。此組為異構字。

375. 蟊 móu：𧒊（小篆）——𧔟（古文）

蟲食草根者。从蟲，象其形。吏抵冒取民財則生。（徐鍇曰：唯此一字象蟲形，不从矛，書者多誤。莫浮切）𧒊，蟊或从敄（臣鉉等按：蟲部已有，莫交切。作蝥蟊蟲，此重出。）𧔟，古文蟊。从蟲，从牟。【《說文解字》卷十三下，蟲部】

按：小篆「𧒊」，从蟲，「书」像繞在苗杆上的形狀，會意字，會義合成。古文「𧔟」，从蟲、牟聲，形聲字，義音合成。此組為異構字。

376. 風 fēng：𩖕（小篆）——𠙈（古文）

八風也。東方曰明庶風，東南曰清明風，南方曰景風，西南曰涼風，西方曰閶闔風，西北曰不周風，北方曰廣莫風，東北曰融風。風動蟲生。故蟲八日而化。从虫，凡聲。凡風之屬皆从風。（方戎切）𠙈，古文風。【《說文解字》卷十三下，風部】

馬如森：甲骨文𩙿，字从鳳，或从凡，凡標聲。字象鳳鳥，卜辭借鳳為風，加凡標聲，為形聲字。本義是鳳。［註118］

〔註118〕馬如森：《殷墟甲骨文實用字典》，上海：上海大學出版社，2008年，第299頁。

按：小篆「屌」，从虫、凡聲；古文「鳳」，从日、凡聲。兩者均為形聲字，義音合成。此組為異構字。

377. 龜 guī：𪚮（小篆）——𪚰（古文）

舊也。外骨內肉者也。从它，龜頭與它頭同。天地之性，廣肩無雄；龜鱉之類，以它為雄。象足甲尾之形。凡龜之屬皆从龜。（居追切）𪚰，古文龜。【《說文解字》卷十三下，龜部】

按：小篆「𪚮」和古文「𪚰」，字形均像烏龜之形，象形字，全功能零合成。此組為異寫字

378. 二 èr：二（小篆）——弍（古文）

地之數也。从偶一。凡二之屬皆从二。（而至切）弍，古文。【《說文解字》卷十三下，二部】

按：小篆「二」，指事字，全功能零合成。古文「弍」，从弋、二聲，形聲字，義音合成。據黃侃先生考證：「弋者橛弋，古用籌算，凡陳數必以弋計。」此組為異構字。

379. 恒 héng：𢛢（小篆）——𠄟（古文）

常也。从心，从舟，在二之閒上下。心以舟施，恒也。（胡登切）𠄟，古文恒。从月。《詩》曰：「如月之恒。」【《說文解字》卷十三下，二部】

馬如森：甲骨文𠄌，字象弓弦之形，小篆字形，从心、从舟，為後起字。

〔註119〕

按：小篆「𢛢」，从心、亙聲，「亙」為「亙」之訛變。古文「𠄟」，从卜、亙聲。董蓮池《說文解字考正》：「應从心，亙聲，所从之亙，甲骨文作『𠄌』從二，从月，小篆从舟者乃从月之訛。」兩者均為形聲字，義音合成。此組為異構字。

380. 壻 yù ào：壻（小篆）——𡐨（古文）

四方土可居也。从土，奧聲。（於六切）𡐨，古文壻。【《說文解字》卷十三下，土部】

按：小篆「壻」，从土、奧聲，形聲字，義音合成。古文「𡐨」，由土、由

〔註119〕馬如森：《殷墟甲骨文實用字典》，上海：上海大學出版社，2008 年，第 301 頁。

屯會意，會意字，會義合成。此組為異構字。

381. 堂 táng：𡔗（小篆）──𡔖（古文）

殿也。从土，尚聲。（徒郎切）𡔖，古文堂。𡫏，籀文堂。从高省。【《說文解字》卷十三下，土部】

馬敘倫：𡫏，鈕樹玉曰：「《繫傳》作𡫏。籀文堂从尚京省聲。邑部亦作𡫏。」王筠曰：「《說文》無𡨄字。」倫按六書大例言之。此从堂、京省聲，為堂之聲同陽類轉注字。（《說文解字六書疏證》）

按：小篆「𡔗」，从土、尚聲；古文「𡔖」，从土、尚省聲。兩者均為形聲字，義音合成。此組為異寫字。

382. 坐 zuò：𡊑（小篆）──坐（古文）

止也。从土，从留省。土，所止也。此與留同意。（但臥切）坐，古文坐。【《說文解字》卷十三下，土部】

按：小篆「𡊑」，从土、从留省；古文「坐」，由兩人會意，土是止息的地方。兩者均為會意字，會義合成。此組為異構字。

383. 封 fēng：對（小篆）──坐（古文）

爵諸侯之土也。从之，从土，从寸，守其制度也。公侯，百里；伯，七十里；子男，五十里。（徐鍇曰：各之其土也。會意。府容切）坐，古文封省。𡉚，籀文。从半。【《說文解字》卷十三下，土部】

王國維：封籀文从豐。屮乃豐之訛。案古封、邦一字。邦字古文作𨜘，从田豐聲，本係一字。《史籀篇疏證》

馬敘倫：𡉚，倫按當作籀文封。古鉩作𡉚。《說文解字六書疏證》

商承祚：坐，甲骨文作𡊌，金文康侯封鼎同。此即豐之本字。鉩文作𡉚，重一土，與說文之籀文𡉚同。《玉篇》𡉚、坐皆古文封。〔註120〕

李孝定：金文𡊌，字象植樹土上，以明經界。〔註121〕

郭沫若：……即以林木為界之象形。〔註122〕

按：小篆「對」，从土、从寸、豐聲，本義為封疆之「封」，坐為豐之訛，

〔註120〕李圃：《古文字詁林》，第十冊，上海：上海教育出版社，2000 年，第 237 頁。
〔註121〕李孝定：《甲骨文字集釋》，中央研究院歷史語言研究所，1970 年，第 3997 頁。
〔註122〕李孝定：《甲骨文字集釋》，中央研究院歷史語言研究所，1970 年，第 3994 頁。

寸為又之訛。古文「坣」，從土，豐省聲。兩者均為形聲字，義音合成。此組為異構字。

384. 墉 yōng：墉（小篆）——𩫏（古文）

城垣也。從土，庸聲。（余封切）𩫏，古文墉。【《說文解字》卷十三下，土部】

按：小篆「墉」，從土、庸聲，形聲字，義音合成。古文「𩫏」，會意字，會義合成。此組為異構字。

385. 垐 cí：垐（小篆）——塈（古文）

以土增大道上。從土，次聲。（疾資切）塈，古文垐。從土、即。《虞書》曰：「龍，朕塈讒說殄行。」塈，疾惡也。【《說文解字》卷十三下，土部】

按：小篆「垐」，從土、次聲；古文「塈」，從土、即聲。兩者均為形聲字，義音合成。此組為異構字。

386. 堙 yīn：堙（小篆）——壷（古文）

塞也。《尚書》曰：「鯀堙洪水。」從土，西聲。（於真切）壷，古文堙。【《說文解字》卷十三下，土部】

按：小篆「堙」，從土、西聲；古文「壷」，從土、西聲。𠧪為古文西。兩者均為形聲字，義音合成。此組為異寫字。

387. 毀 huǐ：毀（小篆）——𡉦（古文）

缺也。從土，毇省聲。（許委切）𡉦，古文毀。從壬。【《說文解字》卷十三下，土部】

馬敘倫：𣪩，徐鉉曰：「攴部有毀字。此重出。」鈕樹玉曰：「《五音韻譜》攴部並無毀字，蓋後人本繫傳增。土部毀為籀文壞，《釋詁》釋文引同，則土部應有。大徐疑土部重出，是大徐原本攴部有毀。然攴部者疑唐人因《字林》增。《尚書》序即釋詁釋文並引《字林》。毀，毀也。諸家據此謂本篆當刪，非也。諸家不知重文在兩部之例耳。釋文不誤，但籀文作毀句下矢注在攴部耳。」倫按陸引《說文》者，題為《說文》者也。引《字林》者，題為《字林》者也。上文壞下敗也者。許訓，自敗者也。呂忱之訓，籀文作毀者。呂忱據《籀篇》以毀為壞而增之，蓋忱以為毀為敗。壞為自敗，詞性動靜不同也。毀字當入攴部為敗之聲同脂類轉注字，但籀篇雖有毀字，倉頡已以壞易毀，則許自不附錄

數字，故倫以為支部本無數字。今有者呂忱所加。忱加數於支部，蓋本聲類。
倫頗疑《字林》為忱草創未定之書，故今本許書體例不純，即有與《字林》混
合也。《說文解字六書疏證》

按：小篆「𡒄」，從土、𣪠省聲；古文「𡑭」，從壬、𣪠省聲。兩者均為形
聲字，義音合成。此組為異構字。

388. 壞 huài：壞（小篆）——𣏎（古文）

敗也。從土，襄聲。（下怪切）𣏎，古文壞省。𢾇，籀文壞。（臣鉉等按：
支部有數，此重出。）【《說文解字》卷十三下，土部】

按：小篆「壞」，從土、襄聲；古文「𣏎」，從土、襄省聲。兩者均為形聲
字，義音合成。此組為異寫字。

389. 圭 guī：圭（小篆）——珪（古文）

瑞玉也。上圓，下方。公執桓圭，九寸；侯執信圭，伯執躬圭，皆七寸；子
執穀璧，男執蒲璧，皆五寸。以封諸侯。從重土。楚爵有執圭。（古畦切）
珪，古文圭。從玉。【《說文解字》卷十三下，土部】

按：小篆「圭」，甲骨文作「𠆢」，象形字，全功能零合成；古文「珪」，從
玉、圭聲，形聲字，義音合成。此組為異構字。

390. 堯 yáo：堯（小篆）——𡎉（古文）

高也。從垚在兀上，高遠也。（吾聊切）𡎉，古文堯。【《說文解字》卷十三
下，堯部】

馬如森：甲骨文𦦑，字象一人頭頂二塊土形，以示土高之義。小篆字形堯，
從三土，與「光」字構形相同，人頭上有火把，以示光明。[註123]

按：小篆「堯」，由三土、一人會意；古文「𡎉」，由兩土、兩人會意。會
意字，會義合成。商承祚《說文中之古文考》：「（甲骨文）從二土一人，與三土
一人（指篆文）、兩土兩人（指古文）意同。」此組為異寫字。

391. 堇 jǐn：堇（小篆）——𦰌、𦳋（古文）

黏土也。從土，從黃省。凡堇之屬皆從堇。（巨斤切）𦰌、𦳋皆古文堇。
【《說文解字》卷十三下，堇部】

〔註123〕馬如森：《殷墟甲骨文實用字典》，上海：上海大學出版社，2008年，第304頁。

郭沫若：董亦是色，殆假為緟，赤色也。董牛即是騂牛矣。〔註 124〕

按：小篆「𡎐」，由土、由黃字省會意；古文「𡎖」，從土、從黃；古文「𡎗」為「𡎐」字形之訛變。三者均為會意字，會義合成。此組為異寫字。

392. 野 yě：𤰒（小篆）——𡐨（古文）

郊外也。從里，予聲。（羊者切）𡐨，古文野。從里省，從林。【《說文解字》卷十三下，里部】

馬如森：甲骨文𣎴，從林、從土，郊土生林曰埜。埜即野之古文。本義是郊野。〔註 125〕

按：小篆「𤰒」，從田、從土，予聲；古文「𡐨」，從林、從土，予聲。兩者均為形聲字，義音合成。此組為異構字。

393. 黃 huáng：黃（小篆）——𡗊（古文）

地之色也。從田，從炗，炗亦聲。炗，古文光。凡黃之屬皆從黃。（乎光切）𡗊，古文黃。【《說文解字》卷十三下，里部】

徐中舒：甲骨文𡗊，象人佩環之形，象正立之人形，其中部之口、曰象玉環形。〔註 126〕

郭沫若：黃，實古文佩之象也，明甚。由字形瞻之，中有環狀之物……《烈女傳·貞順篇》：「鳴玉環佩」……是故黃即佩玉，自殷代以來所舊有，後假為黃白字，卒至假借義行而本義廢。〔註 127〕

按：小篆「黃」，字形象尪之形。尪，身子短頭高仰的人；古文「𡗊」，為小篆之訛。唐蘭先生認為「黃」古文「𡗊」像仰面向天，腹部凸大，是《禮記·檀弓下》「吾欲暴尪係若」的「尪」的本字。（《毛公鼎「朱韍、蔥衡、玉環、玉瑑」》）「黃」、「尪」音近。兩者均為象形字，全功能零合成。此組為異寫字。

394. 勳 xūn：勳（小篆）——勛（古文）

能成王功也。從力，熏聲。（許云切）勛，古文勳。從員。【《說文解字》卷十三下，力部】

按：小篆「勳」，從力、熏聲；古文「勛」，從力、員聲。兩者均為形聲字，

〔註 124〕《契刻萃編·考釋》，第 551 片，第 80 頁。

〔註 125〕馬如森：《殷墟甲骨文實用字典》，上海：上海大學出版社，2008 年，第 305 頁。

〔註 126〕徐中舒：《甲骨文字典》，成都：四川辭書出版社，1988 年，第 1475 頁。

〔註 127〕李孝定：《甲骨文字集釋》，中央研究院歷史語言研究所，1970 年，第 4045 頁。

義音合成。此組為異構字。

395. 勥 jiàng：（小篆）——（古文）

迫也。从力，強聲。（巨良切），古文。从彊。【《說文解字》卷十三下，力部】

按：小篆「」，从力、強聲；古文「」，从力、彊聲。兩者均為形聲字，義音合成。此組為異構字。

396. 動 dòng：（小篆）——（古文）

作也。从力，重聲。（徒總切），古文動。从辵。【《說文解字》卷十三下，力部】

按：小篆「」，从力、重聲；古文「」，从辵、重聲。兩者均為形聲字，義音合成。此組為異構字。

397. 勞 láo：（小篆）——（古文）

劇也。从力，熒省。熒，火燒冂，用力者勞。（魯刀切），古文勞。从悉。【《說文解字》卷十三下，力部】

按：小篆「」與古文「」，字形暫均不可解。

398. 勇 yǒng：（小篆）——（古文）

氣也。从力，甬聲。（余隴切），勇或从戈、用。，古文勇。从心。【《說文解字》卷十三下，力部】

按：小篆「」，从力、甬聲；古文「」，从心、甬聲。兩者均為形聲字，義音合成。此組為異構字。

399. 協 xié：（小篆）——（古文）

眾之同和也。从劦，从十。（臣鉉等曰：十，眾也。胡頰切）古文協。从曰、十。叶，或从口。【《說文解字》卷十三下，劦部】

按：小篆「」，由劦、由十會意；古文「」，从曰、从十會意。兩者均為會意字，會義合成。此組為異構字。

400. 金 jīn：（小篆）——（古文）

五色金也。黃為之長。久薶不生衣，百鍊不輕，从革不違。西方之行。生於土，从土；左右注，象金在土中形；今聲。凡金之屬皆从金。（居音切），古文金。【《說文解字》卷十四上，金部】

按：小篆「金」，由亼、由土、由八會意。「亼」像覆蓋之形，「八」像土中金礦粒。古文「金」相對於小篆「金」字形稍有訛變。兩者均為會意字，會義合成。此組為異寫字。

401. 鐵 tiě：鐵（小篆）——銕（古文）

黑金也。从金。𢧜聲。（天結切）鐡，鐵或省。銕，古文。从夷。【《說文解字》卷十四上，金部】

按：小篆「鐵」，从金、𢧜聲；古文「銕」，从金、夷聲。朱駿聲《說文通訓定聲》：「（銕）从弟聲也。弟、夷篆體相類，故二字往往互訛。弟、鐵雙聲。」兩者均為形聲字，義音合成。此組為異構字。

402. 鈕 niǔ：鈕（小篆）——𤣱（古文）

印鼻也。从金，丑聲。（女久切）𤣱，古文鈕。从玉。【《說文解字》卷十四上，金部】

按：小篆「鈕」，从金、丑聲；古文「𤣱」，从王（玉）、丑聲。兩者均為形聲字，義音合成。此組為異構字。

403. 鈞 jūn：鈞（小篆）——㚬（古文）

三十斤也。从金，勻聲。（居勻切）㚬，古文鈞。从旬。【《說文解字》卷十四上，金部】

按：小篆鈞「鈞」，从金、勻聲；古文「㚬」，从金、旬聲。兩者均為形聲字，義音合成。此組為異構字。

404. 斷 duàn：斷（小篆）——㫁、𠜷（古文）

截也。从斤，从𢇍。𢇍，古文絕。（徒玩切）㫁，古文斷。从㠯。㠯，古文叀字。《周書》曰：「㫁㫁猗無他技。」𠜷，亦古文斷。【《說文解字》卷十四上，斤部】

按：小篆「斷」，由斤、由𢇍會意，𢇍是古絕字；古文「㫁」，由召、由叀會意；古文「𠜷」，由刀、由叀會字。叀是古文「叀」字。三者均為會意字，會義合成。此組為異構字。

405. 矛 máo：矛（小篆）——𢦖（古文）

酋矛也。建於兵車，長二丈。象形。凡矛之屬皆从矛。（莫浮切）𢦖，古文矛。从戈。【《說文解字》卷十四上，矛部】

按：小篆「帛」，字形象長矛之形，象形字，全功能零合成。古文「𢧵」，由戈、由𣎆會意，𣎆像長矛之形，會意字，會義合成。此組為異構字。

406. 自 fù：自（小篆）──𦣹（古文）

大陸，山無石者。象形。凡自之屬皆从自。（房九切）𦣹，古文自。【《說文解字》卷十四下，自部】

按：小篆「自」，字形象大面積的沒有石頭的土山。古文「𦣹」為「自」形之訛，兩者均為象形字，全功能零合成。此組為異寫字

407. 陟 zhì：陟（小篆）──𨼇（古文）

登也。从自，从步。（竹力切）𨼇，古文陟。【《說文解字》卷十四下，自部】

段玉裁：釋詁曰，陟，升也，毛傳曰，陟，升也。升者，升之俗字。升者，登之假借。〔註128〕

按：小篆「陟」，由自、由步會意。羅振玉《增訂殷墟書契考釋》：「示山陵形；从步，像二足由下而上。」古文「𨼇」，由人、由日、由步會意。兩者均為會意字，會義合成。此組為異構字。

408. 瀆 dú：瀆（小篆）──𤯍（古文）

通溝也。从自，賣聲。讀若瀆。（徒谷切）𤯍，古文瀆从谷。【《說文解字》卷十四下，自部】

按：小篆「瀆」，从自、賣聲；古文「𤯍」，从谷、賣聲。兩者均為形聲字，義音合成。此組為異構字。

409. 陳 chén：陳（小篆）──𨸶（古文）

宛丘，舜後媯滿之所封。从自，从木，申聲。（臣鉉等曰：陳者，大昊之虛，畫八卦之所，木德之始，故从木。直珍切）𨸶，古文陳。【《說文解字》卷十四下，自部】

按：小篆「陳」，从自、从木、申聲，形聲字，綜合合成。古文「𨸶」，从自、申聲。「𠂤」為「自」之簡體，形聲字，義音合成。此組為異構字。

410. 四 sì：四（小篆）──𦉢（古文）

陰數也。象四分之形。凡四之屬皆从四。（息利切）𦉢，古文四。三，籀文四。【《說文解字》卷十四下，四部】

〔註128〕段玉裁：《說文解字注》，上海：上海古籍出版社，1981年，第732頁。

高田忠周：籀文作〓，蓋亦从最古文，非籀公始製〓字也。〓即合二二為形也，非合四一也。又《說文》古文四作𠤈，此亦四之變形。（《古籀篇》）

羅振玉：金文中四字皆作〓，無作𠤈者。𠤈亦晚周文字。凡許書所載古文與卜辭及古金文不合者，皆晚周別字也。（《殷墟書契考釋》）

商承祚：甲骨文、金文、石經古文皆作〓，敦煌尚書禹貢作〓，金文虢季子白盤作〓，盂鼎作〓。其作𦥑、𦥑者，乃借呬字為之。許之古文，又其訛變。石鼓文及魏正始三字石經之篆文同小篆。其古文則同籀文。（《甲骨文字研究》）

馬如森：甲骨文〓，積畫為數，表雙數為四，本義是四。〔註129〕

馬敘倫：〓，段玉裁曰：「此二二如四也。」丁福保曰：「孫詒讓謂金甲文數名之四皆作〓，要以積畫近古，未必皆出《史籀》。疑〓當為古文本字。𠤈為籀文，許書傳寫多訛，容互易耳。於考正始石經凡古文四字皆作〓。始信孫說之不誤也。」倫按孫誤以本書重文中之古文為古於籀篆之文，故云然耳。〓自為數名之四本字，籀篇不妨自作〓字。倉頡以其積畫難別，而易以四字。然本書古文多據古文經傳，尤本於尚書古文者為多。書之四嶽四海皆作〓，知《儀禮》、《左傳》亦皆作〓也。〓象形，當自為部。盂鼎作〓，毛公鼎作〓，甲文作〓、〓。〔註130〕

按：「四」甲骨文作「〓」。（《甲骨文編》五三八頁）西周金文作「〓」。（牆盤）畫四橫筆劃表「四」一詞。春秋起改為「四」。小篆「𦥑」和古文「𠤈」均為指事字，全功能零合成。此組為異寫字。

411. 五 wǔ：𠄡（小篆）──✕（古文）

五行也。从二，陰陽在天地閒交午也。凡五之屬皆从五。（臣鉉等曰：二，天天地也。疑古切）✕，古文五省。【《說文解字》卷十四下，五部】

于省吾：凡紀數字均可積畫為之，但積至四畫已覺其繁，勢不得不化繁為簡，於是五字以✕為之。……再由✕而𠄡，上下均加一橫畫，以其與字之作✕形者易混也。〔註131〕

〔註129〕馬如森：《殷墟甲骨文實用字典》，上海：上海大學出版社，2008 年，第 318 頁。

〔註130〕李圃：《古文字詁林》，第十冊，上海：上海教育出版社，2000 年，第 851 頁。

〔註131〕于省吾：《甲骨文字釋林》，北京：中華書局，1979 年，第 97、98 頁。

按：「五」甲骨文作「✕」。（《甲骨文編》五四〇頁）與小篆同。林義光《文源》：「✕，本義交午（交錯），假借為數名。二像橫平，✕像相交，以二之平見✕之交也。」小篆「✕」和古文「✕」均為指事字，全功能零合成。此組為異寫字。

412. 禹 yǔ：禹（小篆）——禹（古文）

蟲也。从厹，象形。（王矩切）禹，古文禹。【《說文解字》卷十四下，内部】

按：小篆「禹」與古文「禹」均像禹蟲之形。林義光《文源》：「禹，皆像頭、足、尾之形。」兩者均為象形字，全功能零合成。此組為異寫字。

413. 禼 xiè：禼（小篆）——禼（古文）

蟲也。从厹，象形。讀與偰同。（私列切）禼，古文禼。【《說文解字》卷十四下内，部】

按：小篆「禼」與古文「禼」均像蟲之形。林義光《文源》：「（禼）像頭、足、尾之形。」兩者均為象形字，全功能零合成。此組為異寫字。

414. 甲 jiǎ：甲（小篆）——甲（古文）

東方之孟，陽氣萌動，从木戴孚甲之象。一曰人頭宜為甲，甲象人頭。凡甲之屬皆从甲。（古狎切）甲，古文甲，始於十，見於千，成於木之象。【《說文解字》卷十四下，甲部】

《甲骨文編》：⊞，上甲之甲，象石函形。〔註132〕

按：小篆「甲」與古文「甲」字形均像盔甲之形。兩者均為象形字，全功能零合成。此組為異寫字。

415. 成 chéng：成（小篆）——成（古文）

就也。从戊丁聲。（氏征切）成，古文成。从午。（徐鍇曰：戊，中宮，成於中也。）【《說文解字》卷十四下，戊部】

馬如森：戍、戌，从戊、从丨，或从口，口即丁，丁標聲。丁、成古音耕部疊韻。義通。〔註133〕

按：「成」甲骨文作「戍」、「戌」。（《甲骨文編》五五〇頁）皆从戊、丁聲。

〔註132〕中國社會科學院考古研究所：《甲骨文編》，北京：中華書局，1965年，第545頁。
〔註133〕馬如森：《殷墟甲骨文實用字典》，上海：上海大學出版社，2008年，第324頁。

小篆和古文字形均為从戊，丁聲。古文字形中的「━」為裝飾符號。小篆與古文均為形聲字，義音合成。此組為異寫字。

416. 己 jǐ：弖（小篆）──弖（古文）

中宮也。象萬物辟藏詘形也。己承戊，象人腹。凡己之屬皆从己。（居擬切）弖，古文己。【《說文解字》卷十四下，己部】

朱芳圃：余謂己象繩索詰紐之形，弟从己作，是其證矣。孶乳為紀。〔註134〕

按：小篆「弖」字形象繩索纏繞之形。古文「弖」與「弖」形相似。兩者均為指事字，全功能零合成。此組為異寫字。

417. 辜 gǔ：辜（小篆）──𣴎（古文）

辠也。从辛，古聲。（古乎切）𣴎，古文辜。从死。【《說文解字》卷十四下，辛部】

按：小篆「辜」，从辛、古聲；古文「𣴎」，从死、古聲。兩者均為形聲字，義音合成。此組為異構字。

418. 子 zǐ：𢀳（小篆）──𢀳（古文）

十一月，陽氣動，萬物滋，人以為偁。象形。凡子之屬皆从子。（李陽冰曰：子在繦緥中，足並也。即里切）𢀳，古文子。从巛，象髮也。𢀳，籀文子，囟有髮，臂脛在几上也。【《說文解字》卷十四下，子部】

王國維：𢀳，殷虛卜辭子丑之子有作𢀳者。召伯虎敦作𢀳，與籀文同而省几。《史籀篇疏證》

高田忠周：今卜辭中子字已作𢀳，與𢀳略同。愚竊謂𢀳即孳字。金文甲𢀳甲𢀳，又或作𢀳，或謂𢀳、𢀳皆子字緐文。《古籀篇》

羅振玉：籀文作𢀳。卜辭中子皆作𢀳，或變作𢀳。𢀳與許書所載籀文頗近，但無兩臂即几耳。召伯虎敦作有臂而無几，與卜辭略同，惟𢀳、𢀳等形則亦不見於古金文，蓋字之省略急就者。秦省篆書繁縟而為隸書，予謂古人書體已有繁簡二者。《殷墟書契考釋》

郭沫若：卜辭第六位之巳作子，此第一位之子則作𢀳若𢀳。金文辛巳，癸巳，乙巳，丁巳亦均作子，而召伯虎敦作𢀳，傳卣作𢀳。羅振玉曰：「𢀳與許書所載籀文頗近。」但無兩臂即几耳。召伯虎敦作有臂而無几，與卜辭略同，惟

〔註134〕朱芳圃：《殷周文字釋叢》，北京：中華書局，1962 年，第 82 頁。

□、□等形則亦不見於古金文，蓋字之省略急就者。案傳卣字形與許書籀文極相近，唯下从者从几，仍為兩脛，蓋謂臂脛之外有衣形也。疑許之籀文乃由此訛變。《甲骨文字研究》

商承祚：甲骨文作□，金文宗周鐘作□，與所錄籀文近似，上皆有髮。《古文考》

馬敘倫：□，鈕樹玉曰：「《韻會》囟上有从字。」桂馥曰：「□為臂，□為脛，几當作□，蓋从奇字人也。」于鬯曰：「籀文□，乃既出母腹之子矣。」羅振玉曰：「卜辭作□，與許書籀文子字頗近，但無兩臂及几耳。召伯虎敦作有臂而無几，與卜辭略同，惟□、□等形則亦不見於古金文，蓋字之省略急就者。」倫按金甲文中十二支之巳皆作子，由巳子本一字也。傳卣甲子字作□，宗周鐘有□，容庚釋子。然為孳之異文。父乙爵之□，吳世芬釋孫，而實與此同字。倫以為甲文之□、□、□、□、□皆為本書之貌字。餘亦其變耳。金文傳卣與宗周鐘與此無異。□，《說文》作此貌。□即甲文之□字，籀文孳从此者也。此為貌之異文。〔註135〕

馬如森：甲骨文□，象小兒頭形，有髮，本義是小孩。〔註136〕

按：小篆「□」字形象嬰兒之形，象形字，全功能零合成。古文「□」，字形下部為嬰兒之形，上部□象頭髮。象形字，全功能零合成。此組為異寫字。

419. 孟 mèng：□（小篆）——□（古文）

長也。从子，皿聲。（莫更切）□，古文孟。【《說文解字》卷十四下，子部】

按：「孟」金文作□（父乙孟）、□（番菊生壺）。夏淥《評康殷文字學》：「古代民俗存在過『長子』、『首子』被解而食之的陋習，文字中用皿盛子，表示被食的『孟子』即『長子』、『首子』，孟從而產生『首』、『始』、『長』意。」小篆「□」，由子、由皿會意，會意字，會義合成。古文「□」像嬰兒之形，象形字，全功能零合成。此組為異構字。

420. 寅 yín：□（小篆）——□（古文）

髕也。正月，陽氣動，去黃泉，欲上出，陰尚強，象宀不達，髕寅於下也。凡寅之屬皆从寅。（徐鍇曰：髕斥之意，人陽氣銳而出，上閡於宀、臼，所以擯之也。弋真切）□，古文寅。【《說文解字》卷十四下，寅部】

〔註135〕李圃：《古文字詁林》，第十冊，上海：上海教育出版社，2000年，第1065頁。
〔註136〕馬如森：《殷墟甲骨文實用字典》，上海：上海大學出版社，2008年，第326頁。

朱芳圃：，有作兩手捧矢形。〔註137〕

按：「寅」甲骨文作「」。（《甲骨文編》五六〇頁）與「矢」形同。由於表示地支的「寅」無形可依，而又與「矢」音近，故借「矢」表示。小篆與古文均為「矢」字形之訛及繁化。兩者均為象形字，全功能零合成。此組為異寫字。

421. 卯 mǎo：（小篆）──（古文）

冒也。二月，萬物冒地而出。象開門之形。故二月為天門。凡卯之屬皆从卯。（莫飽切），古文卯。【《說文解字》卷十四下，卯部】

吳昌碩：，卯象雙刀並植形。〔註138〕

按：「卯」甲骨文作「」（《甲骨文編》五六一頁），表示剖、對開之意。小篆「」與古文「」均為其訛變。兩者皆為指事字，全功能零合成。此組為異寫字。

422. 辰 chén：（小篆）──（古文）

震也。三月，陽氣動，靁電振，民農時也。物皆生，从乙、匕，象芒達；厂，聲也。辰，房星，天時也。从二。二，古文上字。凡辰之屬皆从辰。（臣鉉等曰：三月陽氣成，艸木生上徹於土，故从匕。厂，非聲。疑亦象物之出。徐鍇曰：匕音化。乙，艸木萌初出曲卷也。植鄰切），古文辰。【《說文解字》卷十四下，辰部】

王廷林：辰即蜃，古耕田之器，甲骨文農字，从之作，象手持蜃除草之形。〔註139〕

按：「辰」甲骨文作「」、「」。（《甲骨文編》五六一──五六二頁）字形象古代清除雜草的一種農具。假借為表地支字。小篆「」與古文「」均為甲骨文之訛變。兩者皆為象形字，全功能零合成。此組為異寫字。

423. 申 shēn：（小篆）──（古文）

神也。七月，陰氣成，體自申束。从臼，自持也。吏臣餔時聽事，申旦政也。凡申之屬皆从申。（失人切），古文申。，籀文申。【《說文解字》卷十四下，申部】

〔註137〕朱芳圃：《殷周文字釋叢》，北京：中華書局，1962 年，第 45 頁。

〔註138〕李孝定：《甲骨文字集釋》，中央研究院歷史語言研究所，1970 年，第 4343 頁。

〔註139〕王廷林：《常用古文字字典》，上海：學林出版社，2012 年，第 763、764 頁。

馬如森：⿰，字象閃電形，電字之初文，本義是電。〔註140〕

按：「申」甲骨文作「⿰」、「⿰」。（《甲骨文編》五六七頁）字形象閃電曲折之形。假借為表地支字。小篆「申」與古文「⿰」均為甲骨文之訛變。兩者皆為象形字，全功能零合成。此組為異寫字。

424. 酉 yǒu：酉（小篆）——𠧎（古文）

就也。八月黍成，可為酎酒。象古文酉之形。凡酉之屬皆从酉。（與久切）

𠧎，古文酉。从卯，卯為春門，萬物已出。酉為秋門，萬物已入。一，閉門象也。【《說文解字》卷十四下，酉部】

按：小篆「酉」字形象酒樽形，象形字，全功能零合成。假借為表地支字。許慎認為古文「𠧎」从卯。從《汗簡》和《古文四聲韻》所引卯、酉二字的古文字形看，卯作⿰，酉作⿰，酉比卯多上一橫劃。卯上開通，是開門之象；酉上有「一」，是閉門之象。二者非一字。此組不構成對應關係。

425. 䜈 jiàng：䜈（小篆）——𦞤（古文）

䀋也。从肉；从酉，酒以和䜈也；爿聲。（即亮切）。𦞤，古文。醬，籀文

【《說文解字》卷十四下，酉部】

孫詒讓：籀文作醬。金文亦未見，而有鬻字甚多。《說文》亦未見。依字當从鼎，䜈从省聲。《名原》

馬敘倫：王國維曰：「《考古圖》所載鄰子鐘云：醬，假醬為將，醬从皿，爿聲。倫按王謂醬自即將師。」是也。謂醬从皿爿聲，皿古盦聲，蓋盦是皿之轉注字，乃溫食之器。醬若从盦，亦當為器名，豈醬亦皿之轉注字邪？皿从囟得聲。囟囪依字。囪音穿紐，而轉注字作恩。音入清紐，醬音精紐，同為舌尖前破裂摩擦音。籀篇藉以為䜈，倉頡用本字，故易醬為䜈邪。倫疑此从皿酉聲，為鬻或鬻之異文。鼎鬲本是一字，而从鬲之字，金甲文或从皿作，鬻亦从將得聲，明是一字，與鬻則聲同陽類轉注矣。籀篇藉以為醬。〔註141〕

按：小篆「䜈」，由肉、由酉會意，表示酒拌肉醬，爿聲。古文「𦞤」，从酉，爿聲。兩者均為形聲字，義音合成。此組為異構字。

426. 亥 hài：亥（小篆）——𠀡（古文）

〔註140〕馬如森：《殷墟甲骨文實用字典》，上海：上海大學出版社，2008年，第331頁。
〔註141〕李圃：《古文字詁林》，第十冊，上海：上海教育出版社，2000年，第1186頁。

荄也。十月，微陽起，接盛陰。从二。二，古文上字。一人男，一人女也。从乙，象裹子咳咳之形。《春秋傳》曰：「亥有二首六身。」凡亥之屬皆从亥。（胡改切）疗，古文亥，為豕，與豕同。亥而生子，復从一起。【《說文解字》卷十四下，亥部】

馬如森：甲骨文勇，獨體象物字，字為豕字之變體。古音亥之部，豕支部，之支兩部旁轉，義通，本義是豕，即豬。〔註142〕

按：「亥」甲骨文作「勇」、「冤」、「扔」。（《甲骨文編》五七四頁）字形象豕之形。假借為表地支字。小篆「疗」為豕之訛變。小篆與古文皆為象形字，全功能零合成。此組為異寫字。

〔註142〕馬如森：《殷墟甲骨文實用字典》，上海：上海大學出版社，2008 年，第 332 頁。

第四章 《說文》古文與對應小篆字形比較研究的結論及價值

第一節 《說文》古文與對應小篆字形比較研究的結論

　　我們在對《說文》古文與對應小篆字形比較研究的結論進行總結之前，有一點必須明確，即《說文》中古文與對應小篆字形的「同」是占主流的。段玉裁在《說文解字注》中就明確指出：「以小篆為質，而兼錄古文、籀文。所謂今敘篆文，合以古、籀也。小篆之於古、籀，或仍之，或省改之。仍者十之八九，省改者十之一二而已。仍則小篆皆古、籀也。」[註1] 本文僅對許慎在《說文》中明確指出具有古文與小篆對應關係的 426 例進行逐個分析。通過統計我們發現，共有小篆 426 個，古文 476 個。但需要明確的是，在 476 組小篆與古文的對應關係中，只有 471 組成立，其他 5 組均為許慎誤定。另外，在我們分析的過程中，由於出土和傳世古文字材料的侷限，以及字形的訛變，有 21 組暫無法解釋。所以，實際上我們對《說文》古文與對應小篆字形的比較分析共 451 組，其中小篆 405 個，古文 451 個。以下，我們就對研究的結果加以總結。

〔註1〕段玉裁：《說文解字注》，鄭州：中州古籍出版社，2006 年，第 1 頁。

一、《說文》古文與對應小篆「四體類屬」比較

　　根據我們的統計和研究，在許慎所界定的古文與小篆對應關係且實際成立的 423 例中，共有 14 例由於出土材料欠缺或字形的訛變暫不可解。所以，據我們研究，在所分析的 405 個小篆字形中，象形字 63 個，占小篆總數的 17%；指事字 10 個，占小篆總數的 2%；會意字 136 個，占小篆總數的 33%；形聲字 186 個，占小篆總數的 46%；會意兼形聲字 10 個，占小篆總數的 2%。從以上資料，我們不難看出，在與《說文》古文所對應的小篆字形中，會意字和形聲字占絕對多數，占小篆總量的 80% 左右。（見表二）在所分析的 451 個古文中，象形字 80 個，占古文總數的 17%；指事字 7 個，占古文總數的 2%；會意字 158 個，占古文總數的 35%；形聲字 197 個，占古文總數的 44%；會意兼形聲字 9 個，占古文總數的 2%。從以上資料，我們同樣也不難看出，在與小篆對應的古文中會意字和形聲字也占主流，約占古文總數的 80%。（見表三）

表二　《說文》古文所對應小篆四體類屬統計表

類　屬	象形字	指事字	會意字	形聲字	會意兼形聲字	合　計
數量	63	10	136	186	10	405
比率	17%	2%	33%	46%	2%	100%

表三　《說文》古文四體類屬統計表

類　屬	象形字	指事字	會意字	形聲字	會意兼形聲字	合　計
數量	80	7	158	197	9	451
比率	17%	2%	35%	44%	2%	100%

　　我們把《說文》古文與所對應小篆字形進行比較研究發現，古文與小篆同為象形字的 56 組，占《說文》古文象形字總數的 70%；古文與小篆同為指事字的共 7 組，占《說文》古文指事字總數的 100%；古文與小篆同為會意字的共 158 組，占《說文》古文會意字總數的 74%；古文與小篆同為形聲字的共 197 組，占《說文》古文形聲字總數的 78%；古文與小篆同為會意兼形聲字的共 9 組，占《說文》古文會意兼形聲字總數的 56%。（見表四）從這些統計資料我們可以看出，《說文》古文與對應小篆在造字類型上有很強的同一性，即在對同一個詞的記錄上前後多採用同一種造字方式。這一點正體現了漢字發展的繼承性。

表四 《說文》古文與對應小篆四體類屬同一率比較表

類　屬	象形字	指事字	會意字	形聲字	會意兼形聲字
類屬相同字數	56	7	157	198	9
類屬相同比率	70％	100％	74％	78％	56％

漢字是記錄漢語的書寫符號系統，這一本質屬性決定了它一直處於發展變化之中，以便有效記錄發展中的漢語。而且這一過程呈現出多樣性。因此，記錄漢語不同發展時期的《說文》古文與對應小篆在造字類型上必會有差異。

1. 象　形

將《說文》古文象形字與對應的小篆字形進行比較研究，發現兩者在造字類型上的差別主要有以下兩種情況。

（1）古文（象形字）——小篆（形聲字）

這種情況是指，古文為象形字，而與之對應的小篆為形聲字。如：「齒」（51）古文作「 」，象牙齒之形，象形字；而與之對應的小篆「齒」，從「 」、「止」聲，形聲字。「終」（365）古文作「 」，像絲線終了打結之形，象形字；而與之對應的小篆「終」，從糸，冬聲，形聲字。「蕢」（20）古文作「 」，像蕢草之形，象形字；而與之對應的小篆「蕢」，從草，貴聲，形聲字。

（2）古文（象形字）——小篆（會意字）

這種情況是指古文為象形字，而與之對應的小篆為會意字。如：「爵」（162）古文作「 」，像酒器「爵」之形，象形字；而與之對應的小篆「爵」，像爵之形，中有酒，又持之，會意字。「孟」（419）古文作「 」，像嬰兒之形，象形字；而與之對應的小篆 「孟」，由子、由皿會意，會意字。

2. 會　意

將《說文》古文會意字與對應小篆字形進行比較研究，發現兩者在結構上的差別主要有以下三種情況。

（1）古文（會意字）——小篆（形聲字）

這種情況是指古文為會意字，而與之對應的小篆為形聲字。如：「哲」（26）古文作「 」，由三個吉字會意；而與之對應的小篆「哲」，從口，折聲，形聲字。「服」（257）古文作「 」，由舟、由人會意，會意字；而與之對應的小篆「服」，從舟， 聲，形聲字。

（2）古文（會意字）——小篆（象形字）

這種情況是指古文為會意字，而與之對應的小篆為象形字。如：「丞」（194）古文作「㞷」，由㞷、由㞷會意；而與之對應的小篆「㞷」，字形象草的花和葉下垂的樣子，象形字。「冂」（169）古文作「回」，由口、由冂會意，會意字；而與之對應的小篆「冂」，字形象遠界之形，象形字。

（3）古文（會意字）——小篆（會意兼形聲字）

這種情況是指古文為會意字，而與之對應的小篆是會意兼形聲字。如：「企」（235）古文作「㞷」，由人、由足會意，會意字；而與之對應的小篆「㞷」，從人、從止，止亦聲，為會意兼形聲字。

3. 形 聲

將《說文》古文形聲字與對應小篆字形進行比較研究，發現兩者在結構上的差別主要有以下四種情況。

（1）古文（形聲字）——小篆（象形字）

這種情況是指古文為形聲字，而與之對應的小篆是象形字。如：「牙」（52）古文作「㞷」，從臼、牙聲，形聲字；而與之對應的小篆「㞷」，字形象交錯的大牙之形，象形字。「網」（229）古文作「㞷」，從冂、亡聲，形聲字；而與之對應的小篆「㞷」，字形象魚網之形，象形字。

（2）古文（形聲字）——小篆（會意字）

這種情況是指古文為形聲字，而與之對應的小篆是會意字。如：「容」（223）古文作「㞷」，從宀、公聲，形聲字；而與之對應的小篆「㞷」，由宀、由谷會意，表示室中放有穀物，會意字。「典」（144）古文作「㞷」，從竹、典聲，形聲字；而與之對應的小篆「㞷」，由冊、由丌會意，會意字。

（3）古文（形聲字）——小篆（會意兼形聲字）

這種情況是指古文為形聲字，而與之對應的小篆是會意兼形聲字。如：「瑁」（14）古文作「珇」，從玉、目聲，形聲字；而與之對應的小篆「瑁」，由玉、由冒會意，冒亦聲，會意兼形聲字。羑（270）古文「羑」，為「羑」省厶，從羊，久聲。形聲字。與之對應的小篆「羑」，由厶、由羑會意，羑也表聲。會意兼形聲字。

（4）古文（形聲字）——小篆（指事字）

這種情況是指古文為形聲字,而與之對應的小篆是指事字。如:「二」(378)古文作「弎」,从弌、二聲,形聲字;而與之對應的小篆「二」,指事字。古文「弎」(10)和與之對應的小篆「三」也屬此類。

二、《說文》古文與對應小篆組構類型比較

《說文》古文與對應小篆的組構類型是相當多樣的,基本上包括了全功能零合成、標形合成、會形合成、形義合成、會義合成、形音合成、義音合成和綜合合成等八種形式。但值得一提的是,無論是古文還是小篆採用會義合成與義音合成的都占絕對多數。其中義音合成占首位,會義合成位居其二。這一點與從四體類屬的角度對《說文》古文與對應小篆分析所得出的結論是一致的。這些都充分說明了,古人在造字的過程中,經歷了一個從以繪形為主,到以記義為主,再逐步發展到以記音記義並重為主的過程。

三、《說文》古文與對應小篆字際關係比較

根據我們對研究結果所做的分析和統計,在 451 組《說文》古文與對應小篆的字際關係中,異寫字 127 組,占對應關係總數的 28%;異構字 324 組,占對應關係總數的 72%。根據這些資料我們不難看出,《說文》古文與對應小篆多存在構形上的差異。以下,我們就對比較得出的異寫字和異構字進行總結分析。

1. 異寫字

《說文》古文與對應小篆所形成的異寫字關係之間的差別主要有以下六種情況。

(1) 由於筆劃的增減而造成的異寫字。如:

采(21): (古文)——(小篆)

孚(79): (古文)——(小篆)

用(100): (古文)——(小篆)

(2) 由於筆勢的不同而造成的異寫字。如:

巨(147): (古文)——(小篆)

乃(150): (古文)——(小篆)

回（195）：◎（古文）——回（小篆）

（3）由於部件的增減而造成的異寫字。如：

稷（218）：（古文）——（小篆）

壞（388）：（古文）——（小篆）

（4）由於加區別或裝飾性成分而造成的異寫字。如：

玉（12）：（古文）——（小篆）

馬（284）：（古文）——（小篆）

（5）由於部件組配位置的變化而造成的異寫字。如：

李（181）：（古文）——（小篆）

（6）由於筆劃或部件的訛變而造成的異寫字。如：

中（16）：（古文）——（小篆）

共（71）：（古文）——（小篆）

2. 異構字

在《說文》古文與對應小篆所構成的字際關係中，異構字佔了總數的 72%。這些異構字之間的區別主要有以下四種情況。

（1）採用不同的組構方式而形成的異構字。如：

（古文）——一（小篆）

畫（91）：（古文）——（小篆）

鞭（78）：（古文）——（小篆）

（2）採用不同的表義部件而形成的異構字。如：

起（34）：（古文）——（小篆）

造（36）：（古文）——（小篆）

腆（130）：（古文）——（小篆）

（3）採用不同的表音部件而形成的異構字。如：

禮（7）：（古文）——（小篆）

逖（44）：（古文）——（小篆）

伊（236）：（古文）——（小篆）

（4）部件的增減而形成的異構字。如：

囂（55）：　（古文）——　（小篆）

宅（222）：　（古文）——　（小篆）

寶（224）：　（古文）——　（小篆）

第二節　《說文》古文與對應小篆字形比較研究的價值

對《說文》古文與對應小篆字形進行系統共時分析，輔以必要的歷時考察，我們認為有以下幾個方面的價值。

一、理論價值

通過從四體類屬角度對《說文》古文與對應小篆字形進行系統比較研究，充分證明了「形聲化是漢字優化發展規律」這一結論的正確性。在所分析的 405 個小篆字體中，形聲字 186 個，占小篆總數的 46％；在所分析的 451 個古文字體中，形聲字 197 個，占古文總數的 44％；古文與小篆在記錄同一個詞時前後都採用形聲造字法的共 154 例，同一性高達 78％。另外，據我們統計，405 個小篆字形中，含有表音部件的共 190 個，占總數的 46％；在 451 個古文字形中，含有表音部件的共 200 個，占總數的 44％。這些都表明：分別以記錄形、義為主的象形、指事、會意等造字法在漢字的發展和規範過程中呈現出明顯的弱化趨勢，它們逐漸被以記音記義並重的形聲造字法所取代。《說文》古文與對應小篆所體現出的這一發展態勢與漢字的發展規律是相統一的。通過對漢字發展史的考察，我們會客觀地發現，「當同一個字形記錄的義項或詞項過多時，就會導致該字負荷過重，從而減弱文字的區別性」，[註2] 降低了漢字的表達功能。為了解決這一矛盾，常常是在原字的基礎上採取形聲化的方法另造新字。這樣既便於識記，又增強了字形的區別性，從而更好地實現其記錄和表達功能。

通過比較分析，我們還發現，《說文》小篆與對應古文之間有相當強的同一性。從四體類屬角度看，在記錄同一個詞時，小篆與古文均採用象形造字法的共 56 例，小篆與古文的同一性達到 70％；記錄同一個詞小篆與古文均採用指事造字法的共 7 例，小篆與古文的同一性達到 100％；記錄同一個詞小篆與古

〔註2〕王平：《〈說文〉重文研究》，上海：華東師範大學出版社，2008 年，第 71 頁。

文均採用會意造字法的共 116 例，小篆與古文的同一性達到 74%；記錄同一個詞小篆與古文均採用形聲造字法的共 154 例，小篆與古文的同一性達到 78%。另外，從《說文》古文與對應小篆的字際關係看，古文與小篆字形也存在密切關係。在《說文》古文與對應小篆所構成的 451 組字際關係中，異寫字 127 例，占字際關係總數的 28%。這些字形之間都有極強的同一性，無構形屬性上的差異。雖然，在《說文》古文與所對應小篆的字際關係中異構字多達 324 例，占字際關係總數的 72%。但是，這些相對應的字形之間，多是構字部件中某一個部件的替換，或是表義部件的替換，或是表音部件的替換，而那種組構類型和組構部件都發生變化的僅占少數。

同時，通過將傳統的「四體」類屬理論與新興的「組構類型」理論同時用來分析《說文》古文與所對應小篆的字形，我們發現，組構類型理論較之傳統的「四體」類屬理論更為細緻、詳備，能更好地區分字體之間的細微差別。比如：同屬「四體」類屬中會意的字形，用組構類型理論就可以細化為會形合成、形義合成、會義合成和標義合成等四類。

二、實踐價值

《說文》小篆是對更早古文字的整理和規範，且《說文》古文與對應的小篆之間就存在歷時的前後關係。所以，通過對《說文》古文與對應小篆字形的系統比較研究，就可以為當今的漢字規範化提供借鑒。比如古文到小篆形聲化發展的趨勢、小篆對古文表義部件的優化、小篆對古文表音部件的優化等，對當今漢字的整理與規範都有一定的參考價值。

另外，本文對《說文》451 例古文與小篆對應組進行細緻分析，並將分析的結果以表格形式顯現出來，相信這對以後有關小篆與古文的研究，以及對古文字字形的考釋都有一定的參考價值。